スタンド・バイ・ミー

東京バンドワゴン

小路幸也

集英社文庫

目次

登場人物相関図

小料理居酒屋〈はる〉

真奈美《まなみ》 美人のおかみさん。

コウ 板前。無口だが、腕は一流。

行きつけの店

堀田《ほった》家〈東京《とうきょう》バンドワゴン〉

（秋実《あきみ》）
太陽のような中心的存在だったが、6年ほど前に他界。

高校の後輩

マードック（37）
日本大好きのイギリス人画家。藍子への一途な思いが成就し、結婚。

藍子《あいこ》（36）
画家。おっとりした美人。我南人の長女。

常連客②

茅野《かやの》
定年を迎えた、元刑事。

玉三郎《たまさぶろう》・ノラ・ポコ・ベンジャミン
堀田家の猫たち。

アキ・サチ
堀田家の犬たち。

花陽《かよ》（13）
しっかり者の中学1年生。

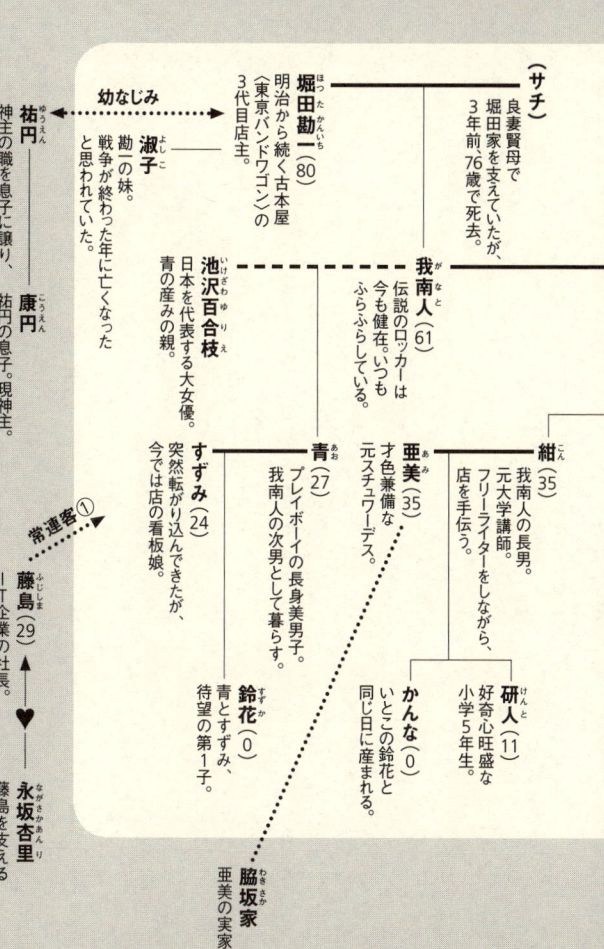

（サチ）
良妻賢母で
堀田家を支えていたが、
3年前、76歳で死去。

堀田《ほった》勘一《かんいち》（80）
明治から続く古本屋
〈東京バンドワゴン〉の
3代目店主。

淑子《よしこ》
勘一の妹。
戦争が終わった年に亡くなった
と思われていた。

幼なじみ

祐円《ゆうえん》
神主の職を息子に譲り、
悠々自適。

康円《こうえん》
祐円の息子。現神主。

我南人《がなと》（61）
伝説のロッカーは
今も健在。いつも
ふらふらしている。

池沢百合枝《いけざわゆりえ》
日本を代表する大女優。
青の産みの親。

紺《こん》（35）
我南人の長男。
元大学講師。
フリーライターをしながら、
店を手伝う。

亜美《あみ》（35）
才色兼備な
元スチュワーデス。

青《あお》（27）
プレイボーイの長身美男子。
我南人の次男として暮らす。

すずみ（24）
突然転がり込んできたが、
今では店の看板娘。

常連客①

藤島《ふじしま》（29）
IT企業の社長。
無類の古書好き。

永坂杏里《ながさかあんり》
藤島を支える
美人秘書。

研人《けんと》（11）
好奇心旺盛な
小学5年生。

かんな（0）
いとこの鈴花と
同じ日に産まれる。

鈴花《すずか》（0）
青とすずみ、
待望の第1子。

脇坂《わきさか》家
亜美の実家。

スタンド＊バイ＊ミー

東京バンドワゴン

夜目遠目笠《かさ》の内、なんて言葉がありました。

お若い方は判《わか》らないでしょうか。読んで字の如《ごと》し、女の顔は多少見えづらい方が美人に思えて良い、なんていう殿方の勝手なご意見です。

とは言え、確かにまぁほの暗いところでお目に掛かった方が顔の皺《しわ》も厚化粧も目立ちませんし、女っぷりもぐんと上がって見えるのじゃないかしらとは思いますね。大いなる勘違いだと意地悪な方は仰《おっしゃ》るでしょうけど。

古くさいものばっかりが目立つこの辺りも、朝の眩《まぶ》しい光の中に浮かぶ様はまぁそれなりに風情《ふぜい》あるものですけど、夕暮れの茜《あかね》さす、ぼんやりした時刻の方が様になって見えるのではないでしょうか。

大きなマンションの骨組みに槌《つち》打つ音が毎日響き渡る大通りは、季節を変える毎《ごと》に賑《にぎ》やかになっていきます。それはそれで大変結構なことなんですが、その裏側でひっそりと息づく昔ながらのものを、いつまでも忘れないようにいてほしいと願うのはわたしだけではないでしょう。

からからと格子戸を開ける音に、からんころんと下駄の音。とんとんとんとまな板を叩《たた》く包丁の音に、ご飯だよーと子供を呼ぶお母さんの声。とうの昔に消えてしまったと思われている暮らしの音は、ここら辺りには毎日のように響きます。

春の桜に夏の紫陽花《あじさい》、秋の金木犀《きんもくせい》に冬の山茶花《さざんか》。季節の花は小さな庭や路地のそこらに薫りと花弁を振り撒《ま》き、古びた家の壁や木塀にほのかなかすかな色をつけて、賑やかにしていきます。

そういう下町の一角にあります、築七十年を過ぎて今にもつぶれそうな日本家屋。そこで〈東京《とうきょう》バンドワゴン〉という屋号の古本屋を営んでいるのが、我が堀田《ほった》家です。

あぁいけません。またご挨拶《あいさつ》が遅れてしまいました。

夜目遠目どころか、どなたの眼にも触れない生活になって随分と経ってしまって、少しばかりお行儀が悪くなっているかもしれませんね。気をつけなくてはいけません。

お久しぶりの方も、お初にお目に掛かる方も、大変失礼いたしました。わたしは堀田サチと申します。この堀田家に嫁いできたのは、もう六十余年も前になります。

今までも、何度か皆さんに我が堀田家のよしなしごとをお話しさせていただきましたが、まぁそれにしても色々ありました。おつきあいいただいている方は呆《あき》れているのではないでしょうか。

わたしが初めてこの家の敷居を跨《また》いだのは終戦の年だったのですが、思い出せばその時にも、随分とややこしいことがたくさんありました。でも、それはまぁいずれまたの機会にしましょうか。そう考えますと、どうにもお騒がせしてしまうのは堀田家の伝統なのかもしれません。

こうして三度皆さんに我が家のお話をさせていただけるのですから、改めて家の者を順にご紹介いたしましょう。

〈東京バンドワゴン〉は、玄関口を真ん中にして左側が古本屋、右側がカフェになっています、と、相も変わらずお伝えしてますけど、古本屋もカフェもそれぞれ別に入口はあるのです。そもそもの家の玄関口が真ん中なのですね。

古本屋に入りますと、開業当時からそのままの姿で残されている本棚が並びます。店の奥には畳敷きの帳場があり、そこに置かれた文机《ふづくえ》の前に座って煙草《たばこ》を吹かしていますのが、八十歳になりました店主の堀田勘一《かんいち》です。

でんとした立派な体格にごま塩頭、頑固で意地っ張りで気難し屋という難物です。それでも女性に優しいのだけは良いところでしょうか。一時は足腰に衰えが出たような気もしたのですが、曾孫《ひまご》が二人もいっぺんに産まれ、しかも可愛らしい女の子だったもので急に元気になってしまいました。「嫁に行くまでは絶対に死なねぇ」と言ってますので、あと二十年はこうしているのかもしれません。

その勘一の後ろで古本の整理をしている可愛らしいお嬢さんは、孫の青《あお》のお嫁さんのすずみさん。

すずみさんもわたしと同じように、この家にお嫁に来るときにはいろいろあったのですが、今では曾孫に夢中で店を放ったらかす勘一に代わって、古本屋の大黒柱です。つい先日お母さんになりましたので、ますますたくましくなっていくのでしょうね。

あぁ、帳場の後ろの壁の墨文字ですね？　実はあれは、我が堀田家の家訓なのです。

〈文化文明に関する些事《さじ》諸問題なら、如何《いか》なる事でも万事解決〉

明治の頃に新聞社を興そうとしたものの、当局の弾圧で志半ばで家業を継いだ義父堀田草平《そうへい》が、世の森羅万象は書物の中にある、という持論から捻《ひね》くりだしたものだと聞いています。

他にも我が家には義父の書き残した家訓が数多く有りまして、壁に貼《は》られた古いポスターやカレンダーを捲《めく》りますとそこここに現れます。

曰《いわ》く。

〈本は収まるところに収まる〉

〈煙草の火は一時でも目を離すべからず〉

〈食事は家族揃《そろ》って賑やかに行うべし〉

〈人を立てて戸は開けて万事朗らかに行うべし〉等々。

まだありますよ。トイレの壁には〈急がず騒がず手洗励行〉、台所の壁には〈掌《てのひら》に愛を〉。二階の壁には〈女の笑顔は菩薩《ぼさつ》である〉、という具合です。

家訓なんて言葉が死語になってしまっているのにどうかとは思うのですが、性分なのでしょうかね、我が家の皆は老いも若きもそれをできるだけ守って日々を暮らしています。

カフェの方に行ってみましょうか。

こちらには〈かふぇ　あさん〉という名前がついていますが、看板が二つあっては煩わしかろうと、同じく〈東京バンドワゴン〉で通しています。

土間の壁や床板を取っ払いまして、小さな横庭と繋《つな》げたスペースにテーブルと椅子《いす》を並べただけの小さな手作りのお店ですが、お蔭様《かげさま》でご近所の皆さんには好評でして、町内の社交場になってます。

カウンターの中の目鼻立ちの整った娘さんは、すずみさんと同じく、ついこの間無事に出産を済ませた亜美《あみ》さん。孫の紺《こん》のお嫁さんです。元は国際線のスチュワーデスだった才色兼備の娘でして、このカフェも亜美さんの陣頭指揮のもと出来上がったんですよ。

一緒にカウンターの中にいるのは、先日再婚、ではないですね。一応初婚でしょうか。わたしの孫娘の藍子《あいこ》です。父親のいない子を産んで育ててきましたが、皆に祝福された結婚は、母親であり今は天国で皆を見守っている秋実《あきみ》さんも喜んでいると思います。

この二人が多少薹《とう》の立った看板娘としてカフェを切り盛りしていたのですが、最近は孫の青もよくお店に立つのです。これがまた身内の贔屓目《ひいきめ》を割り引いてもお釣りが来るほどの見栄えが良い男なものですから、青目当ての若い女性のお客さんも増えています。元々は旅行会社と契約する添乗員でして、今も時折出かけては行くものの、ゆくゆくは家業を継ごうと考えてはいるようですね。

居間の方に行ってみましょうか。あぁ、そこの床板、少しばかり緩んでいますので気をつけてくださいね。

ほら、賑やかでしょう。赤ちゃんの声。

ちょっとむずかっているのは曾孫のかんなちゃんで、亜美さんと紺の二人目の子供です。抱っこしてあやしているのがお父さんで、わたしの孫の紺ですね。元は大学で講師などをしていたのですが、色々あって辞めた後は家業を手伝いながらフリーライターなるものを職業としています。下町に関する本を出して世間様にご好評をいただき、続編も書いたようですよ。ようやく一家の主《あるじ》らしい稼ぎができるようになったと、ほっとしています。

籐籠《とうかご》の中でご機嫌で笑っているのは、青とすずみさんの初めての子供の鈴花《すずか》ちゃん。そうなんです。すずみさんと亜美さんは同じ日に同じように赤ちゃんを産んだのですよ。従姉妹《いとこ》同士になりますが、双子のようなものですよね。まぁあの時も本当にばたばたしましたよ。

紺を手伝って、二人の赤ん坊の面倒を見ているのは、曾孫の花陽《かよ》と研人《けんと》です。花陽は藍子の一人娘で中学一年生。研人は小学校五年生で、紺と亜美さんの長男です。この二人も従姉弟同士ですが、ずっと一緒に暮らしていますから姉弟のようなものです。二人とも優しくて元気な子で、可愛い妹が二人もいっぺんにできたものですから、毎日張り切って学校が終わると飛んで帰ってきて面倒を見てくれてます。お蔭様で亜美さんとすずみさんのお母さん二人も随分助かっていますよね。

ごめんなさい、余りに大勢で混乱してしまうでしょう？

なんですね、こうして皆さんにご紹介するのも、今度は家系図か何かを用意した方がいいでしょうかね。

あぁ、聞こえてきました。あのギターの音は、わたしの息子の我南人《がなと》のものです。六十を過ぎたというのに金髪長髪でふらふらしているのは相変わらずですが、それでも孫が産まれたのが嬉《うれ》しいのか、最近少しは家に居着いているようです。

巷《ちまた》では昭和の時代のブームが続いているそうで、その昭和を彩り「伝説のロッカー」と呼ばれた我南人は、なんですか引っ張りだこで大忙しだとか。マスコミに登場することも増えてきたようですが、昔みたいに大騒ぎにならなければいいんですけどね。

あら、ごめんなさい忘れてました。庭で絵を描いている外国の方ですね？

ついこの間、孫娘の藍子と結婚したマードックさんです。イギリスの方なのですが、日本の古いものが大好きで、版画や日本画のアーティストとして活躍していらっしゃいます。

長い間ご近所さんとしてお付き合いさせていただく中で、同じように画家でもある藍子と心通わせまして、どうなることやらと周りをやきもきさせましたが、無事に夫婦となって我が家の一員になりました。

やれやれ、こうしてみると本当に人の多い堀田家です。

この他にも猫の玉三郎《たまさぶろう》、ノラ、ポコ、ベンジャミンに、犬のアキとサチもいるのですから、そりゃあもう毎日が賑やかでしょうがありません。

最後にわたし、堀田サチは、実は数年前に七十六で皆さんの世を去りました。

孫や曾孫の成長を人一倍楽しみにしていたせいでしょうか、この世を去ったというのにこうしてこの家に留《とど》まっています。堀田家に嫁いで随分と楽しい思いをしてきましたけれど、これもまた一興と言うものでしょう。

我が家でいちばんの知性派と呼ばれる紺は、人一倍勘の強い子で、わたしがまだこの家でうろうろしているのがわかるのです。ときたまにですが、紺は仏壇の前に座り、わたしと二人だけで会話をすることも。大昔の電話のように、途切れたりすることも多いのですが、それもまた楽しいひとときです。その血を受け継いだのか、紺の息子の研人も話まではできないものの、わたしの存在を感じとれるのですよ。

あれでしょうか、そうすると、研人の妹のかんなちゃんにもその血が受け継がれますかね。そうなってくれればわたしも楽しみがまた増えるのですけれど、かんなちゃんがお喋《しゃべ》りできるようになるまでここに居られるでしょうか。

長くなりましたが、こうしてまだしばらくは堀田家の、〈東京バンドワゴン〉の行く末を見つめていきたいと思います。

よろしければ、どうぞまたご一緒に。

秋 あなたのおなまえなんてぇの

一

すっかり秋も深まりまして、晩秋の気配というものが朝夕に立ちこめるようになりました。

この頃になると、ふとしたときに、冷たい空気の中に落ち葉の匂《にお》いが漂いますよね。あの匂いを嗅《か》ぐと、わたしなどは落ち葉焚《た》きをして、その中におイモを入れたくなるのです。ですが近頃は防火のために、焚き火などは禁止されているところもあるようですね。それはまぁ仕方のないことですが、風情《ふぜい》のあるものがだんだん消えていってしまうのは淋《さび》しいことです。

近所の銀杏《いちょう》並木はすっかり黄金色に染まりまして、その下を行き交う人たちの冬服に彩りあざやかな光を投げ掛けます。我が家の小さな庭のシロヨメナはまだまだきれいに花を咲かせ、犬のアキとサチは相変わらず庭を駆け回って遊んでいます。

金木犀《きんもくせい》の香りもとうに消えてしまって、そろそろ冬支度の頃でしょうか。毎年バタバタしまして衣替えがいっぺんに出来ない我が家です。まぁ商売もしていますし、人数も多い我が家は衣替えといってもひと仕事なんですが。


そんな秋の終わりのある日。

相も変わらず堀田家の朝の食卓は賑《にぎ》やかです。

大正時代から居間に鎮座しているという欅《けやき》の一枚板の座卓には、亜美さんとすずみさんと花陽の手で朝ご飯が並べられていきます。昨日の夜にたくさん炊いた茸《きのこ》の混ぜご飯に、だし巻き玉子に千切り山芋の酢の物、おみおつけはさつまいもに人参《にんじん》とたまねぎ、焼海苔《やきのり》と胡麻豆腐《ごまどうふ》。

かんなちゃんと鈴花ちゃんは、二人並んで籐《とう》の籠《かご》の中でご機嫌です。犬のアキとサチが狛犬《こまいぬ》よろしく並んで籠の横に寝そべっているのですが、どうもこの二匹はかんなちゃんと鈴花ちゃんの子守役を自分の仕事と思っているようですね。ひとしきり遊んだ後には必ずこうして傍《そば》に寄ってくるのですよ。

いつものように上座には勘一がどっかと座り、その正面には我南人。そして店側に花陽と研人と青、縁側の方に紺と亜美さんすずみさん。かんなちゃん鈴花ちゃんの籐籠は、勘一と紺のところに置いてありますよ。

つい先日大騒ぎしながらも無事に挙式を済ませ、イギリスで二人展をするために旅立った藍子のところは空席です。

壁に掛けられたカレンダーには、明日に丸印が付けられて〈藍子、マーちゃん帰る〉とメモしてありますね。誰でしょうマーちゃんなどと書いたのは。あの字は研人ですか。でもそうですね。家族の一員になったのですから、いつまでも〈マードックさん〉では他人行儀でしょうか。それでもマーちゃんと呼ぶのはどうでしょうかねぇ。そういえば、帰ってきたらご飯のときにはマードックさん、どこに座るのでしょう。

全員揃《そろ》ったところで、皆で「いただきます」です。

花陽がお椀《わん》を持ちながらカレンダーを見上げました。

「明日だね」

「おい、だし巻きに大根おろしがついてねぇぞ」

「この胡麻豆腐ぅ、すごい真っ黒だねぇ、どうしてぇ？」

「そうだねー。おみやげ何かなー」

「あら、すいません。これ先にどうぞ」

「イギリスにうまいものはないよな」

「裏の杉田《すぎた》さんから。新しい豆腐をいろいろ試しているんだってさ」

「大じいちゃん、なんかウナギくさいよ!?」

「ね！　マードックさんのお父さんお母さん、わたしのおじいちゃんおばあちゃんだ！」

「食べ物はまずないね。せいぜい紅茶ぐらいか」

「おじいちゃん、だし巻きに山椒《さんしょう》はともかく、多すぎませんか？」

「食べたらお歯黒になっちゃいそうだねぇ」

「ひょっとして今頃気づいたのか？」

「でも、アンティークなものとか大英博物館のミュージアムグッズとかいいですよね！」

「じいちゃん、刺激物は年寄りには良くないんだぜ？　少し控えなよ」

「ならないよおじいちゃん」

「すごい！　外国におじいちゃんおばあちゃんが居るってすごくない？」

「花陽ちゃん、お母さんいないからってネギ残しちゃダメよ」

「あ？　山椒とか七味はなぁ、いくら食べても大丈夫なんでぇ」

そんなことはないと思うのですが。あぁ、玉子が真っ黒になるぐらい山椒がかかっていますね。研人が鼻をつまんでいますよ。近くにいるかんなちゃん鈴花ちゃんの鼻に入ったらどうするんですか。

「明日だよな」

青がカレンダーを見て言いました。

「どうしようかね」

それに紺が同じようにカレンダーを見て答えましたね。女性陣が食器を片している間、男性陣は座卓についたまま、お茶を飲んで仕事の前の一息です。

「悩んでてもしょうがねぇだろう。とりあえず皆ここに居りゃあいいんだよ。なぁかんなちゃん鈴花ちゃん」

勘一が目尻を下げて二人をあやします。かんなちゃんも鈴花ちゃんもごきげんですね。

「僕はぁ、どこに行ってもいいからねぇ。部屋なんかなくてもいいよぉ」

元から我南人はいつも居ないですからね。それに部屋はレコードやらギターやらで埋め尽くされて寝る場所もありません。いつ帰ってくるかわかりませんし、放っておけば適当なところに布団を敷いて寝ていますから。ここのところはずっと研人と花陽のベッドの脇《わき》に転がっていましたよね。

赤ちゃんがいっぺんに二人も増えましたし、花陽も中学生になりました。研人の身長もぐんぐん伸びています。なんですか日毎《ひごと》に手狭になっていくような我が家をどうしようかと、紺と青はずっと前から話し合っていたのですが。なかなか結論は出ません。

「わたしはここに居るからね。お母さん向こうに行ってもいいけど」

花陽です。花陽と藍子がマードックさんの家に移る、という話もあったのですが、花陽は嫌がりました。まぁそうですよね。

「ほらあれだ。マードックの野郎は、当分の間は通い夫ってやつをやってればいいじゃねぇか」

なんですか通い夫とは。紺も青も顔を見合わせました。

「三食のご飯は家族として一緒に食わせてやるからよ。しばらくはそれで我慢しとけって言っとけ」

「まあぁ、そうだろうねぇ。淋しいんだったら、なんだったら僕がぁマードックちゃんと一緒に住もうかなぁ」

それはマードックさん嫌がると思いますよ。だいいち一緒に住むのなら妻となった藍子でしょう。義父の我南人が行ってどうするんですか。

紺はふい、とわたしの方を見て、うん、と頷《うなず》きましたね。あら、聞こえましたか。

「まぁそうだよね」

「何がでぇ」

「マードックさんはしばらく今のまま、自分の家に居てもらって、藍子と二人で行ったり来たりしてもらってさ。その間にちゃんと決めてしまおう」

それが取りあえず無難な選択でしょうね。

朝ご飯も終わり、いつものように〈東京バンドワゴン〉の一日が始まりました。

「行ってきまーす！」

花陽と研人の元気な声が店に響きます。カフェの方に朝から顔を出してくれている、御近所のご老体の皆さんが手を振って見送ってくれます。

藍子が居ませんので、亜美さんと青がカフェの方に立ちます。古本屋の方は帳場に勘一が座り込み、すずみさんは本棚の整理を始めています。紺は居間に陣取って隣の仏間にいる二人の赤ちゃんの面倒を見ながら、ノートパソコンでの執筆を始めたようです。

もちろん、店の様子も居間の様子もどちらも互いに手に取るように判《わか》りますから、紺が手に負えないようになれば、すぐに亜美さんやすずみさんがやってきますよ。我南人は端《はな》からあてにしてはいませんし、案の定どこへ行ったのかもう姿が見えません。

紺が、外から響く槌音《つちおと》に顔を上げて、その音で赤ちゃんが起きやしないかと覗《のぞ》き込みましたが、大丈夫なようですね。

秋深し隣は何をする人ぞ、なんて言いますが、我が家とは一本道を挟んだ右隣にありました銭湯の〈松の湯〉さんは相当昔に営業を辞めてしまい、その後はコインランドリーだのいろいろごちゃごちゃしていました。ですが、最近になって銭湯そのままの様子で保存して、何やら楽しそうな建物が出来上がるそうですね。我南人もなんですかその仕事に絡んでいるとは言ってました。

同じように向かって左隣は、神辺さんが住んでいたのですが、ご夫婦ともにお亡くなりになって、お宅を取り壊してからは、三年もの間ずっと空き地のままです。

「よぉ、おはよう！」

聞きなれた声が古本屋の方から響いてきました。

勘一の幼馴染《おさなじ》みで、近所の神社で神主を務めていた祐円《ゆうえん》さんがいつものようにやってきたようです。つるつるときれいになった頭に柔和な顔つきは、神主というよりお坊さんです。

「相も変わらず朝っぱらからお越しかい」

「俺《おれ》がここに来なくなるのはおっ死《ち》んだときだろうよ」

「安心しな、そんときは俺も一緒に行ってやるからよ」

泣けてくるねぇ、と軽口を叩《たた》いているところへ、すずみさんが祐円さんにコーヒーを持ってきました。

「ほい済まないね、すずみちゃん。そういや勘さん」

「なんでぇ」

「始まったみたいだな、〈松の湯〉」

「おお、そうよ。赤ん坊が二人も居るってのによぉ、騒がしくていけねぇよ」

　まぁそう言うな、と祐円さんが笑います。

「ただでさえさびれていくこの界隈《かいわい》がよ、少しでも賑やかになるんならいいじゃねぇか」

「そうだけどよ、我南人の野郎が絡んでるってのがどうもな」

「しょうがないだろう。我南人ちゃんは有名人なんだからさ。こないだあのミュージカル映画観たぜぇ。あれ我南人ちゃんすごいメイクだったよな。顔の傷跡」

そうそう、二十年ぶりぐらいで映画に出たのですよね。なんでも〈オペラ座の怪人〉の日本版だとか。まぁよぉ、と勘一は渋い顔をしますが、あれで心の中では息子の活躍を喜んでいるのですよね。

　二人の会話をにこにこして聞きながら、店の本棚の整理をしていたすずみさんの手がぴたりと止まりました。なんでしょう、眉間《みけん》に皺《しわ》が寄りましたね。勘一が気づいて声を掛けました。

「どしたい」

「旦那《だんな》さん、ここの棚、いじりました？」

すずみさんは眼の前の上から四段目の棚を示しました。

「いや？　覚えはねぇぞ」

そうですか？　とすずみさん首を捻《ひね》ります。

「なんでぇどうした」

「本が並べ替えられています」

「うん？」

すずみさんがそう言うのなら、そうなんでしょう。何といってもすずみさん、古本屋になるべくして産まれたのではないかと思うぐらい、本の知識も記憶力もすごいのです。今や〈東京バンドワゴン〉の棚にある全ての本の位置を把握しているといっても過言ではありません。

「ここですね。この三冊が」

「芥川《あくたがわ》の『河童《かっぱ》』、佐藤春夫《さとうはるお》の『随縁小記《ずいえんしょうき》』に稲垣足穂《いながきたるほ》『弥勒《みろく》』か。渋いようなわけわからんような三冊だな」

確かにその三冊が並んでいます。ここの棚には年代の相当古い比較的お高い本が並んでまして、ガラス戸棚になっているのですよ。本を見たい方は古さにぎしぎし音を立てる戸を開けなくてはならず、大抵の方は一声掛けてから開けられるのですよね。もちろん、黙って開けてもいいのですが、その場合も音ですぐ判るのです。

祐円さんも後ろから覗き込みました。

「並べ替えられてるってのは、確かなのかい？」

すずみさん、大きく頷きます。

「間違いないです」

　ここの棚は作者名のあいうえお順に並んでいますからそうですね。

「それに、ここを見るようなお客さんは、本を大事にする方ばかりですから、適当なところに戻して帰るようなことしませんし。明らかにこの三冊だけ、こんなふうに揃えて帰っていったんですね」

　その三冊の左右が空けられていますから確かにそう思えますね。むーん、と三人で腕を組みました。

「旦那さん、昨日、ここを見たお客さん覚えてますか？」

「うーんと？　いや、そこまではなぁ」
四、五人は居たはずだけど、どんな奴《やつ》かまでは覚えてないと言います。それはまぁそうでしょう。よほど印象的な方とか常連さんならともかく、一見《いちげん》のお客さんの様子まで覚えてはいられません。
　何だろうねぇと首は捻りましたが、さっぱりわかりませんし他のお客さんもやってきますので、それで話は終わりました。

　我が家の前の道路は駅に続く近道になっていまして、この時間帯はご近所の学生さんや会社員の方がたくさん通ります。中にはカフェで軽く朝ご飯を食べていく方もいらっしゃいますし、ワゴンに並べている均一本をさっと手に取って買っていくサラリーマンの方も。電車の中で読むのでしょうね。

ですから、実はこの朝の時間帯は意外とカフェも古本屋も忙しいのです。常連さんの中には、かんなちゃんと鈴花ちゃんの顔が見たいと言う方もいらっしゃるので、カフェに連れて来ることもありますよ。

まだまだ愛想も何もない二人ですけど、血筋なんでしょうかね。どこへ連れて行かれてもむずかることはないようです。

九時を回りますと、そんな朝の慌ただしさも一息つきます。界隈にも静けさが戻り、主婦の方ならひと休みして、我が家もゆったりと仕事を続ける時間帯です。

蔵の入口の段のところに座り込んで、紺と青が二人で煙草《たばこ》を吹かしながら話しています。どうやら一服のようですね。

居間の縁側から小さな庭に降りて、その左手の奥にあります土蔵は、〈東京バンドワゴン〉の蔵書の全てが詰まっています。明治の頃から溜《た》めに溜めた稀覯本《きこうぼん》も数多くありますので、その筋の方からは〈宝蔵〉なんて呼ばれていますね。

男性陣の喫煙率が百パーセントの我が家ですが、昨今の風潮で家の中では煙草を吸い難《にく》いようになりまして、こうして外に防火バケツを置いて吸うようにしています。かんなちゃんと鈴花ちゃんのためにも良いことですよ。それにしても寒いのにご苦労なことですね。そんなにしてまで煙草を吸いたいのでしょうか。

「増築っていっても、庭と蔵はこれ以上どうしようもないしなぁ」

「いっそのこと隣の土地を買い取って別宅を建てるとかね」

「別宅かぁ。それはいいけど」

とてもそんな余裕は我が家にはありません。

「隣はいったいどうなるんだろうね」

ここからは見えませんが、青が隣の空き地の方を見て、さあなぁと紺が言います。

「もう何年も更地のままだもんな」

ここの通りは狭くて車も入ってこられませんから、駐車場にすることもできません。土地の持ち主が今は誰なのかも判りませんが、良いように使ってくれればいいんですけどね。

からんころん、と古本屋の方の扉が開いて、あら、藤島《ふじしま》さんです。にこやかな笑顔で入ってきましたが、いつもながら颯爽《さっそう》としていて格好良いですね。

「おはようございます」

「おう、おはよう」

勘一が手招きして、帳場の前の丸椅子《まるいす》を示しました。藤島さん、お久しぶりですと挨《あい》拶《さっ》しながら椅子に座りました。あの六本木ヒルズにIT関係の会社を構える社長さん。とはいえ、まだ二十八歳の若さです。いえ、そういえば二十九歳になられたんでしたっけ。

「朝っぱらから顔出すのは珍しいじゃねぇか」

「今日は、休みなんですよ」

「休み？」

勘一が後ろの壁に貼《は》ってあるカレンダーを見ました。

「平日なのに社長さんがお休みかよ」

なんでもここのところ忙しい日々が続きまして、体調を心配した秘書の永坂《ながさか》さんが、スケジュール調整をして一日空けてくれたそうです。勘一がからからと大笑いしました。

「そういうせっかくの休みなのに、朝っぱらから古本屋かよ」

藤島さんも苦笑いです。無類の古書好きで、もう何年も前から我が家に通っている藤島さんですが、それ以上に我が家に来るのを楽しみにしていると、秘書の永坂さんが言ってましたよね。賑やかな我が家が大好きなのだとか。ただうるさいだけだとは思うのですが、有り難いことです。

「これ、レポートです」

「おう」

レポート用紙を受け取った勘一が開いて、読み始めます。

もう何年も前の話ですが藤島さん、最初に我が家にやってきたとき、本を全部買い上げると言い出し、勘一に「金に物言わせて買い漁《あさ》るような奴に売る本はねぇ！」とこってり絞られたのですよ。根は良い青年の藤島さんはすっかり反省しましてね。一冊買って感想文なりレポートを書いて、それが良ければまた一冊買ってもいいという約束をしてそれを続けていたのです。ですが、今年の春から花陽の家庭教師を引き受けてもらいまして、代わりに三冊まで買っていいことになりました。

ついこの間の藍子のときもそうでしたけど、いろいろお世話になったりご迷惑をお掛けしている藤島さん。家族同然とまでは言いませんが、紺や青とも仲が良いですしね。もう何冊でも好きに買っていいよとは言ってるのですが、藤島さんは頑として聞きません。勘一との約束を守るつもりでいるようです。類は友を呼ぶと言いますが、藤島さんもこれでなかなか頑固な方です。

すずみさんがコーヒーを持ってきました。二言三言、笑顔で赤ちゃんの様子をお話しして居間の方を覗き込み、後でちょっとお邪魔させてくださいと言ってます。

勘一がレポートを読みながら、ちらっと見ましたよ。

「なぁ、藤島よ」

「はい」

「永坂さんは、元気かい」

藤島さん、きょとんとします。

「永坂ですか？　元気ですよ。相変わらずです」

藤島さんの秘書の永坂杏里《あんり》さん。おきれいな方ですよね。そして、藤島さんのことを本当に大切に考えていらっしゃいますよね。公私共に。

「まぁ、あれだ。明日マードックも藍子も帰ってくるしよ」

「そうですね」

「てめぇももう三十近いんだからよ。しっかり考えてやれや」

何のことを言ってるのか判りましたね。年上の藍子に恋をしていた藤島さん、男らしくあきらめて、藍子とマードックさんのために色々気を使ってくれました。でもそろそろ自分のことと、藤島さんを大切に思っている永坂さんのことを考えてやれ、と勘一は言っているのでしょう。

「そうですね」

苦笑しながら頷きました。とはいえ、男と女のことは、思うようにはいきません。見守っていくしかないのでしょう。

「ごめんください」

あら、脇坂《わきさか》さんご夫妻。今日も朝早くからおいでです。

「あぁ、こりゃどうもおはようございます。ささ、どうぞ中へ」

「すいませんどうも、お邪魔します」

お二人とも喜色満面といった感じで家の中へ入って行きます。藤島さんとも何度かはお会いしているので、お互いに挨拶していますね。

「毎日ですか？」

居間の方で声が上がるのを確認してから、藤島さんがにこにこしながら小声で訊《き》きました。勘一も苦笑いします。

「いやぁ、亜美ちゃんに怒られてよぉ。さすがに二日に一回って感じだな」

脇坂さんは、亜美さんのご両親。かんなちゃんの顔を見に来るのですよね。

脇坂家とは亜美さんと紺の結婚に反対されて以来断絶状態にありまして、ようやく仲直りしたのは去年の夏でした。初孫の研人の赤ちゃんの頃にはまったく会えなかったので、かんなちゃんが産まれてそれはもう喜んでいるのですよ。研人のことも猫かわいがりですが、かんなちゃんはもう、家に連れて帰るぐらいの勢いですよね。鈴花ちゃんには残念ながら向こうのおじいちゃんおばあちゃんがいませんので、同じように可愛がってくれてますよ。奥さんも二人いっぺんに孫ができたみたいで本当に嬉しいと涙ぐんでいました。

カフェの方が賑やかですね。お若い女性が何人か集まって楽しそうにお話をしているようです。あら、我南人の声も聞こえますがいつの間に帰ってきたのでしょうか。ちょっと見てきましょうか。

「本当だよぉ、これ、僕の息子ねぇ。青っていうの」

どうやら我南人が朝っぱらから若い女性を三人も引き連れて、カフェにやってきたようです。皆さんちゃんとした格好をしていますし、メモを開いている方も居ますので、取材か何かの帰り道でしょうか。

息子と紹介された青は、にこっと笑ってきちんと応対しています。ちょっと前までは我南人と顔を合わせるだけで不機嫌そうな顔を見せていたものですが、青も大人になりましたよね。

我南人の愛人さんの子供である青。お母さんは誰なのかをずっと我南人は隠していました。でも、実は女優の池沢百合枝《いけざわゆりえ》さんが青の母親であることをようやく話したのは、青の結婚式の直前でした。

もちろんそのことは世間様には絶対の秘密です。池沢さんといえば、清楚《せいそ》で慎ましやかで銀幕の女神とまで呼ばれた日本を代表する大女優さんです。そんなことが知れたらとんでもない大騒ぎになりますよ。

池沢さん、青の結婚式に来てくれて、泣いていましたよね。色々事情はありますけど、青の母親としての気持ちはちゃんと持っていてくれたようでした。その後もときおり我南人と一緒に居るところは見かけましたし、何ですか女優を引退するという記事も出ていたようですけど、その後どうなったのでしょうか。

「え？　そうすると、お子さんのお名前は、藍子さん、紺さん、青さん、と、三人ともブルーというわけですか？」

「そうなんだねぇ、おもしろいでしょうぉ？」

荷物にあります社名入りの封筒からすると、この女性は出版社の方ですか。

「それは、どういう由来があるのでしょうか。差し支えなければ。もちろん記事の中には入れません」

我南人がうーんと唸《うな》ります。

「さぁねぇえ」

「さぁねぇって、我南人さん」

「僕が名付けたんじゃないからねぇ」

そうですよね。

「では、どなたが？」

「おばあちゃんだねぇ」

「おばあちゃん」

「あ、いやおふくろかぁ、僕のおふくろがつけたんだよぉ、三人ともぉ」

はい。そうですね。懐かしい話です。どういう由来かと問われれば、本当に他愛《たわい》のないことなので笑われてしまうのですけれど。

ひとしきりお話が弾んで、おきれいな三人の女性は帰っていきました。それを我南人も青も笑顔で見送りましたけど、姿が見えなくなったところで急に青が顰《しか》め面をしました。

「なんだよ親父《おやじ》」

「なぁにがぁ?」

「インタビューなんかで俺たちの話するなよ。親父と違って俺たちは堅気なんだから」

我南人はいつものようにへらへら笑っていますね。

「だぁいじょうぶだよぉ。そういう話はちゃんとぉカットするからぁ」

青はブスッとしながらも、頷きました。

「さっきの若い子、女優さんじゃないの? 折原美世《おりはらみよ》さん」

あら、そのお名前はどこかで聞いたことがありますね。どこででしたでしょうか。

「そうそうぉ。さっきまでぇ、〈秋の朝の下町散歩〉をしてきたんだよぉ。雑誌のそういう企画でねぇ」

そうでしたか。それはまぁなかなか風情のある企画ですね。

＊

お昼時も過ぎまして、カフェの方は一息つける時間になりました。かんなちゃんと鈴花ちゃんは、居間の隣の仏間で二人並んですやすやお休みです。もちろんアキとサチもその傍で横になっています。

勘一は秋の例大祭の打ち合わせで、紺と祐円さんと一緒に出かけていきました。亜美さんも赤ちゃんの隣で横になってひと休み。カフェは青が一人です。

お店では、すずみさんが店番をしていまして、お昼ご飯を食べてまた戻ってきた藤島さんが椅子に座って何やら分厚い本を熟読しています。どうやら今日は一日中我が家で読書三昧《ざんまい》を決め込んだようなのですが、本当に良い男がお休みに古本屋で日がな一日過ごすというのは、どうなんでしょうねぇ。

他にお客さんは誰も居ませんから、すずみさんは帳場で持ち込みで買い取った本の整理をしているようです。

一冊一冊丁寧に点検をします。ページが破り取られてはいないか、どこかに何か挟まっていないか、状態はどうなのか。買い取るときにも一応点検はしますが、やはりお客様を待たせていますので、ざっと済ませてしまうことが多いですからね。

「ん？」

すずみさんが小さな声を上げました。なんでしょうか。ちょっと後ろから覗き込んでみました。藤島さんもどうしたのか、と顔を上げましたね。

あら、紙が。

「どうしました？」

「いえ、これが」

すずみさんが点検していた本の裏表紙の内側のところ、パッと見は判りませんが、上から同じ色の紙が貼ってあります。

「あぁ、何だろう」

「飲み物でもこぼして、上から隠したんでしょうか」

古本を扱っていますと、まぁよくもこんなことを、という状態の本はたくさんあります。紙を貼ったぐらいならまだ可愛いものですけどね。すずみさん、苦笑しながらも、ちょっと剝《は》がれかけていた端っこを抓《つま》んでみました。

「あ」

あら、剝がれますね。しかもぺりぺりときれいに剝がれていきます。糊《のり》が干からびてしまっているのでしょうか。すずみさん、破れないように慎重に剝がしていったのですが、その表情が変わりました。

尋常ではないその変わりように、藤島さんも立ち上がって本を覗き込みましたよ。

「これは」

藤島さんが声を上げました。すずみさんは、驚きに口を押さえています。わたしも思わず顔を歪《ゆが》めてしまいました。

そこには、こう書いてあります。

〈ほったこん　ひとごろし〉

ひらがなで、しかもこれは、クレヨンですね。明らかに子供の字です。大人が書いたものではありません。

「ええっ？」

すずみさんが慌てています。びっくりしますよね。藤島さんはすずみさんの肩に手を置いて、静かに、という仕草をします。

「ちょっと見せてください」

剝がした方の紙を取り上げました。それから本をじっと見つめます。

「すずみさん、これ、何度も貼れる糊を使って貼ってありますよ」

「そうなんですか？」

藤島さん、頷いて、指で紙と本を触っています。

「そういうタイプの糊を使っています。間違いありません」

「え？　ということは？」

藤島さん、またその紙を貼り付けて剝がします。きれいに剝がれますね。そうしてまた貼りました。

「紺さんは？」

「出かけています」

顎《あご》に手を当てて何かを考えています。そんな格好で考え込まれると、本当に役者さんの演技を見ているみたいです。

「これ、ですね」

「はい」

「単に、この文字を隠そうとして、適当な糊を使って貼ったかもしれない」

「はい」

「それとは反対に、剝がしてもらいたくて、そういう糊を使ったのかもしれない」

「そうですね」

「いずれにしても、この文字は、明らかに子供の字ですよね。大人が子供の真似《まね》をして書いたとは思えないんですが」

すずみさん、こくんと頷きました。

「私も、そう思います」

さらにですよ、と藤島さんは続けました。

「〈ほったこん〉という名前の人物が、この世に何人もいるとは思えないんですが」

またすずみさん、頷きました。

「私も、そう思います」

「この本を売った人は？　判りますか？」

すずみさんが慌てて台帳を開きました。

「えーと、小坂菜美《こさかなみ》さん、という女性ですね。ついさっきなんですよ。持ち込んできて旦那さんが受けました」

「知らない人なんですね？　その名前に覚えは？」

すずみさん、首を横に振りました。さて、わたしもまるで覚えがない名前です。

「どうしましょう。お義兄《にい》さんに言った方がいいでしょうか」

「うーん」

藤島さん、考え込みます。確かにちょっと悩みますね。むろん紺が人殺しなんかしていないことはわたしが保証しますけど、本人が見て気持ちの良いものではありません。偶然だなぁと笑って済ませられる言葉じゃないですよ。

「剝がれる糊で貼ってあった、というところが気になりますね」

「そうですよね！　まるで」

二人で頷き合いました。藤島さんが続けました。

「紺さんに、これを見せたいために、ここに売りに来たような感触ですよね」

「ですよね！」

「すずみさん」

「はい」

「ちょっと、僕調べてみます」

あら、藤島さん、そんなお忙しいのに。

「まだ皆さんには言わないで、内緒にしておいてください。取りあえず、その小坂菜美さんという女性が何者なのかだけでも早急に調査をします」

「でも」

藤島さん、ニコッと笑います。

「心配御無用。我が社には口の堅いトラブル専門の部門もあります」

そう言って藤島さん、改めてその本を眺めました。エーリヒ・ケストナーの『エーミールと探偵たち』ですね。奥付《おくづけ》の日付はもう四十年以上も前です。じゃ、さっそく、と店を出て行きかけて、振り返りました。

「すずみさん」

「はい」

「お母さんに心配事があると赤ちゃんに伝わると言いますからね。本当に何も心配しないで。忘れてくださいね」

ニコッと笑って手を上げて扉を開けて出て行きました。すずみさん、感心したように首を二度軽く振りました。

「やっぱりカッコいいわぁ。ゼッタイ藍子さん早まったと思うなぁ」

まぁ、思わず笑ってしまいました。すずみさん、実はわたしもちょっとだけそう思いますよ。

＊

午後三時を回る頃、外へ出ていた勘一と紺が揃って帰ってきました。何かお菓子の包みを持っていますね。

「お帰りなさい！」

「おう！　手土産《てみやげ》あるぜ」

「あ、昭爾屋《しょうじや》さんのですね。どうしたんですか？」

ご近所の和菓子屋さんの昭爾屋さん。ご主人の道下《みちした》さんは我南人の幼馴染みです。

「いやなに、帰りに前を通りかかったらよ、何でも新作だから試食して感想を聞かせてくれだとよ」

「じゃあ、研人くんが帰ってきたらみんなでお茶にしましょうか」

「おうよ」

すずみさん、お菓子の包みを居間の方に持っていこうとしながらも、紺の様子をうかがっています。やはり気になるのでしょうね。

「すずみちゃん、店番俺がやるからいいよ。かんなと鈴花を見てて」

「はーい、すみません」

勘一はひと休みしながらかんなちゃんと鈴花ちゃんの顔でも眺めるつもりなのでしょう。よっ、と家に上がりながら言いました。

「そういや、紺」

「はいよ」

「お宮参りはいつだ」

紺が苦笑します。

「お宮参りは生後一ヶ月ぐらいだから、まあ二十日過ぎかな」

「おお、そうか。寒いから、あったかい服を着せていかないとな」

そうかそうか、と言いながらもう顔がでれでれしています。そういえば、花陽と研人が産まれたときもああでしたし、思い起こせば藍子や紺や青のときもそうでしたよね。

まだしばらくは勘一は使い物にならないでしょう。

紺は帳場に座って、ノートパソコンを取り出して何やら帳簿を見ています。我が家の収支の一切を取り仕切っているのは紺と亜美さん。亜美さんがお母さん業で忙しくなっていますから、紺も大変ですね。だいたいうちの男どもは、勘一にしても我南人にしても青にしても、何事もどんぶり勘定で、紺だけが例外というわけです。

秋の陽射しが窓から入り込んで、店の中にひし形の光を並べています。何やらぶつぶつ言いながら帳簿を見ていた紺が顔を上げました。

「そうだよなぁ」

独り言ですか。何がそうなんでしょうかね。

「淑子《よしこ》さんも、来てほしいしなぁ」

あぁ、淑子さんのことを考えていたのですか。アメリカから帰ってきた勘一の妹さん。今は葉山の方で一人暮らしをなされてます。体調の方はここのところ落ち着いていると言ってましたよね。まだまだお元気ですが、いつどうなるかわからない身ですから心配です。

「増築は無理だよなぁ」

我が家の経済事情はそれほど裕福ではありません。世間様の眼から見たら、この古本屋だって道楽のような収入しかありませんからね。

ふぅ、と小さく溜息《ためいき》をつきます。我が家の番頭さんは気苦労が絶えません。

二

「ただいまー」

三時半を回った頃、にこにこしながらも、声をひそませて研人が帰ってきました。これは赤ちゃんが寝ていたときのための用心です。我南人から貰《もら》った、なんですか奇妙な形のバッグを、すとん、と置くと、さっそくかんなちゃんと鈴花ちゃんの顔を見に行きました。

「寝てるね」

「おう。静かにしてろよ」

やっぱり赤ちゃんの横で新聞を読んでいた勘一が言います。かんなちゃんも鈴花ちゃんも、すやすや寝ています。研人はその横で待機していたアキとサチにぺろぺろなめられています。

「遊びに行ってくるから」

「誰んところだ」

「陽一《よういち》んところ」

「その前によ」

勘一が座卓の上の包みを指差しました。

「昭爾屋んところの新作だ。ちょっとつまんで感想言っとけ。手ぇ洗えよ」

すずみさんが皆にお茶を用意して、ちょうどカフェの方もお客さんが途切れているので、紺も青も亜美さんも座卓のところに集まってきました。箱を開けると、色鮮やかなお饅頭がたくさんです。

「おまんじゅう？」

「きれいですね」

亜美さんが喜んでいます。朱色に赤に黄色に緑、白に茶色に黄緑。大きさも随分小さく、一口で食べられますね。研人がさっそく赤いお饅頭をつまんで口に入れました。

「むっ！」

変な顔をしています。

「なんでぇ」

「これ、何の味？　わかんない」

「どら」

勘一も赤いお饅頭を半分にちぎって口に入れ、残りを青に手渡します。

「むぅ」

勘一も考え込みました。青はどうでしょう。

「これは、パプリカじゃない？」

「パプリカ？」

あぁ、と紺が頷きながら少し笑います。

「昭爾屋さん、ベジスイーツに影響を受けたかな」

「なんでぇそりゃ」

「ベジタブルを使ったスイーツ。野菜のデザートだね」

それでパプリカですか。昭爾屋さんあれで流行《はや》りものに眼がないですからね。勘一も苦笑いしながら、なるほどと頷きました。

「まぁ不味《まず》くはねぇよな。むしろさっぱりしてていいじゃねぇか。するってぇと、この黄色いのはカボチャか？」

当たりでした。研人が面白がって、たくさん並んだ色とりどりのお饅頭を並べ替えています。それを見ていた紺が、そう言えば、と言い出します。

「じいちゃん」

「おう」

「知り合いに、イタズラ好きのおばあちゃんはいる？」

「あ？」

「いや、さっき気づいたんだけど、本が並べ替えられているんだよね」

すずみさんが、「あ！」と声を上げて勘一の顔を見ました。

「旦那さん！　さっきの！」

「そうだな。今朝《けさ》、そんな話をしていたぞ」

「そうなの？」

紺が言うには、さっき研人が帰ってくる少し前、ご婦人がお店の中に居てガラス戸の中の本を熱心に見ていらしたそうです。

「そのまま戸を閉めてさ、何も言わずに店を出て行ったから、ただの冷やかしのお客さんかと思っていたんだけど」

後から何気なくガラス戸の本棚の中を見ると。

「本が、並べ替えられていたんだ」

「あ」

研人です。

「僕、そのおばあちゃんに会ったかも」

「へぇ」

「道ですれ違ったら、『研人くん？』って呼ばれて、『ハイ』って返事したらにっこり笑って、手を振って行っちゃった。店から出てきたのは見たから、そうじゃないの？」

全員が妙な顔をしました。

「知り合いだった？」

亜美さんです。研人は見たことないと首を振りました。残念ながらわたしもその場に居ませんでしたしねぇ。

「どら、今度はなんだよ」

取りあえずぞろぞろと本棚を見に行きました。並べ替えられていたのは、大宅《おおや》壮一《そういち》さん『蛙のこえ』、井上甚之助《いのうえじんのすけ》さんの『随筆歌舞伎《かぶき》三昧』、香山滋《かやましげる》さん『木乃伊《みいら》の恋』でした。その三冊が並んでいます。あいうえお順ではないですよね。

「また渋いラインナップだなこいつは」

勘一が感心して、すずみさんも頷きます。

「すずみちゃん、今朝のはなんだったよ。並べ替えられていたのは」

「えーと、芥川龍之介《りゅうのすけ》の『河童』と、佐藤春夫の『随縁小記』に稲垣足穂『弥勒』です」

「それが、これと同じように並んでいたの？」

紺が訊いて、すずみさんが頷きました。

「さーてと、なんだこりゃ」

むーんと考え込みます。研人もそれを真似して、他の皆もそれぞれに考え込みました。

「偶然じゃないですよね。きっと同じ人ですよ」

すずみさんです。

「ということは、そのおばあちゃん、昨日も来たってことね？」

亜美さんです。

「兄貴、どんなおばあちゃんだったの」

青に問われて、紺が思い出すように天井を見上げました。

「若そうに見えたけどなぁ。背筋もしゃんとしていたし、動作もきびきびしていたし、背は高からず低からず。六十絡みかなぁ」

「まぁでもお元気過ぎる七十八十の方も居るから」

「なんで俺を見るんでぇ。なんだよ過ぎるって」

「いえ、見てませんおじいちゃん」

悪戯《いたずら》ですかねぇ。

「お知り合いの誰かがちょっと茶目っ気を出したとか」

すずみさんが言うと勘一が頷きます。

「まぁなぁ、後から顔出してごめんねぇってか。しかしそんな知り合いはなぁ」

「案外、親父の知り合いとか」

青の言葉に皆が「あ」と口を開けました。

「六十絡みってンなら間違いねぇな。俺にそんな若い女性の知人はいねぇから」

確かに、勘一からすると六十でもお若い女性ですね。

「でも、この本の並び替えには、どんな意味が？」

亜美さんです。意味か、と紺が眉間に皺を寄せました。

「三冊、というパターンがあるわけだから、適当に入れ替えたってわけでもなさそうだなぁ」

そこに、ふわぁんん、という可愛い声が聞こえてきて、皆が慌てて居間に戻っていきました。アキとサチもワン！と一声上げました。起きちゃったのはどちらでしょう。

＊

なんですか、また不思議なことが起こりましたね。そうは言っても仕事はありますし、赤ちゃんのお世話もあります。何だかここ最近の我が家は二倍ぐらい忙しいです。

「ただいまぁ」

六時ぐらいに裏の玄関から声が聞こえて、中学生になって半年が経ち、随分大人っぽくなってきた花陽が帰ってきました。とはいえ、元々が可愛らしい顔立ちの花陽ですから、その笑顔はまだまだ幼さが残ります。

「おう、お帰り」

「ただいま大じいちゃん。鈴花ちゃーん、かんなちゃーん」

花陽もさっそくかんなちゃんと鈴花ちゃんにご挨拶です。

「手ぇ洗ってから触れよ。絵の具とかついてねぇか？」

「うん」

頷いて、手を洗いに洗面所に向かいました。入学した当初、花陽はどこのクラブにも入らなかったのですよ。小学校ではハンドボールをやったり地元の和太鼓のチームに入ったりと活発な女の子だった花陽。てっきり運動部に入るのかと思ったら、違いました。美術部に入ったのはついこの間です。蛙の子は蛙といいますが、藍子がちょっと驚いた顔をして、でも嬉しそうでした。まさか、絵を始めるとは思ってなかったようですね。でも、藍子が曲がりなりにも画家としてやっているのも、実は勘一譲りなんですよ。

今ではただの武骨な頑《がん》固爺《こじじい》にしか見えない勘一ですが、若い頃は絵画や音楽にそれは造詣《ぞうけい》が深く、その才能を皆に認められていたのですよ。いえ、身内びいきではありませんよ。我南人がああして皆様に〈伝説のロッカー〉などと呼ばれているのも、実は勘一の血を引いているのだと思います。

「亜美ちゃん、今日の晩ご飯は？」

花陽がカフェにいる亜美さんに声を掛けました。

「カレーが作ってあるの。花陽ちゃん、サラダでも作ってくれる？　マカロニでもなんでもいいけど」

「春雨があったよね」

亜美さんが、あぁ、と頷きます。

「じゃあ、中華風にしちゃおうか。胡瓜《きゆうり》とあと何か」

「魚肉ソーセージでもいい？」

いいわね、と亜美さん微笑《ほほえ》みます。花陽が頷いて着替えに二階へ上がっていきました。藍子がいない分、やはり子供はちゃんと代わりをやっています。特に厳しくしつけたつもりはないのですが、花陽はちゃんと親の背中を見て育つのでしょう。

「いいよ、俺いるから。もう六時半だし」

青が亜美さんに言って、亜美さんも台所に向かいます。着替えた花陽もやってきて、二人で夕餉《ゆうげ》の支度を始めました。それを見た勘一も腰を上げて店の方に行きましたね。すずみさんに声を掛けて、自分が帳場に座ります。

亜美さんとすずみさんと花陽が楽しそうに会話をしながら台所に立ちます。いつもなら、ここに藍子も居て四人で賑やかどころかかしましいのですけど。

我が家の料理はそれほど凝ったものは出てきませんが、何せ人数が多いのでそれだけでも大変です。大変ですが、たくさんの料理を作るというのは意外に楽しいものですよ。

結局今夜は鳥肉を使ったカレーと、春雨と胡瓜の中華風サラダ、それにベーコンと玉葱《たまねぎ》と人参を入れたコンソメスープに、残り物の南瓜《かぼちゃ》の煮物におこうこになりました。

〈東京バンドワゴン〉の閉店時間はカフェも本屋も大体七時。世間様よりはちょっと晩ご飯の時間が遅いでしょうか。それでも家訓の〈食事は家族揃って賑やかに行うべし〉を守って、全員が揃ったところで「いただきます」です。

いつものように、かんなちゃんと鈴花ちゃんは勘一の横の籐籠の中でご機嫌です。あらもう一つ籐籠が増えてますね。その中にはノラとポコが入って寝ていますよ。

「なんでぇこりゃ」

「古い籐籠を置いといたら勝手に」

亜美さんが笑いました。

「猫のベッドかよ」

「かんなと鈴花を見ていて自分たちも入りたくなったんだよ」

紺が言いました。猫はそういうのが好きですからね。話を聞きつけたのか、ベンジャミンも寄ってきて、籠の中にそうっと入って行きました。玉三郎はわりと孤高の猫ですから、近寄ってきませんよね。一時期相当衰えて心配していたのですが、まだまだ元気で、縁側の座布団に丸くなっています。

「風呂《ふろ》はまだ一緒に入れないのかよ」

勘一が亜美さんに訊きました。亜美さん、苦笑しながら答えます。

「まだベビーバスですね。もうちょっと待ってください」

そこで電話が鳴って、亜美さんがばたばたと動いて受話器を取ります。

「はい、堀田です。あら」

笑顔になりました。どなたでしょうかね。

「はい、はい。ちょっとお待ちください。おじいちゃん、藤島さんです」

「藤島？」

勘一が訝《いぶか》しげに返事をします。

「珍しいな電話たぁ。おお、どうした。いやなにかまわねぇよ」

うん、うん、と相づちを打つ勘一の顔がだんだんと強《こわ》ばってきましたね。眉間に皺も寄ってきました。何があったのだろうと、皆が訊きたそうにしていますけど、電話が終わるまでは訊けません。

「ふーん」

勘一が紺を見ました。眼を向けられた紺は、俺？　というふうに自分を指差します。

「まぁ判った。もうじきこっちも飯を食い終わるからよ。手間掛けて悪いけどよ、後で〈はる〉で会おうや。あぁ、すまねぇな」

ピッ、と電話を切りました。受話器を亜美さんに返して、むぅ、と唸ります。

「紺よぉ」

「うん」

じっと、紺の顔を見て、それから皆を見回しました。

「ま、いいか」

「なんだよじいちゃん」

「思わせぶりだね」

「いいって、後で藤島が来るからよ。〈はる〉で一杯やろうや。飯を食っちまおう」

なんでしょうか。勘一にしては珍しく歯切れが悪いですね。すずみさんだけが眉間に皺を寄せています。ひょっとしたら、あの持ち込まれた古本の件でしょうか。何かわかったのでしょうかね。わたしも一緒に行ってみることにしましょうか。

三

家の前の道を三丁目に向かって進みますと、角の一軒左にある小さな小料理居酒屋が〈はる〉さんです。もうここで店を構えて二十年を過ぎました。ご主人は既に亡くなられて、奥さんの春美《はるみ》さんも関節炎がひどくてお店にはすっかりご無沙汰《ぶさた》になってしまいました。

代わりにおかみさんとして頑張っているのが、藍子の高校の後輩でもある娘さんの真《ま》奈《な》美《み》さんです。お店に立つようになってかれこれ七、八年も経ちますから、小粋な和服もすっかり身体《からだ》に馴染んでいますよ。

「あら、いらっしゃい」

「いらっしゃい」

真奈美さんの笑顔に、ぶっきらぼうな板前のコウさんの声。そういえばコウさんもここに来て、もうすぐ一年になるのではないでしょうか。時の流れは早いものですね。

カウンターには藤島さんが座って、熱燗《あつかん》を飲んでいました。

「すまねぇなぁ、わざわざよ」

「いえ、とんでもない」

勘一がどっかと座り、一緒にやってきた紺も青も座ります。

「うん？　ここは誰かいるのか」

あら、本当ですね。お通しとお猪口《ちょこ》が並んでいます。藤島さんが笑顔を見せました。

「さっき、我南人さんが来ました」

おトイレの方を見ました。来てたのですね。

「なんだよあいつは。まぁちょうどいいか」

そう言ったときに、扉が開いて、我南人が出てきましたよ。

「来たんだねぇ」

「来たんだじゃねぇよおめぇは。いっつもふらふらふらしやがって」

我南人はにこにこしながら椅子に座ります。本当にそうですよね。この不肖の息子の性格は死ぬまで直らないのでしょう。

「なんだかぁ、穏やかじゃない話があるってぇ、藤島くんが」

コウさんが、お通しです、と小鉢を置きました。

「秋刀魚《さんま》をぶつ切りして、里芋と炊き合わせました。お好みで柚子《ゆず》を搾るか、少しの七味でも良いかと」

いつもここに来る度に思いますが美味《おい》しそうですね。こういうものを食べられない身にすっかり慣れましたが、コウさんが来てからは一層美味しそうなものが並ぶようになりました。

「それで？」

勘一が訊きます。藤島さんは、黙って本をカウンターに載せました。

「ほう、『エーミールと探偵たち』か」

「いちばん後ろを見てください」

勘一が拡《ひろ》げると、紺も青も我南人もそこを覗き込みます。

「あれぇ」

しっかりとクレヨンで書いてありますね。〈ほったこん　ひとごろし〉と。

「何だよ、これ」

青です。藤島さんが事の経緯を説明しました。紺は表情を変えずに聞いていますね。学者肌できゃしゃな男ですけど、中々これで肝は据わっています。勘一は説明を聞いて、うーむと唸りました。

「で？　その〈小坂菜美〉って女を調べてみたと」

「はい。住所も控えてありましたので。出過ぎた真似をしてすいませんでした」

いやぁとんでもねぇ、と勘一は言います。

「亜美ちゃんもすずみちゃんも赤ん坊産んだばかりだしな。気ぃ使ってもらって助かったぜ。なぁ紺」

紺もにこっと笑って頷きました。

「紺さん、この名前の女性に心当たりは」

「いや、全然覚えがない」

うん、と藤島さん頷きます。

「だと思いました。住所も実はでたらめだったので、たぶんこれも偽名だろうと」

うう、と勘一は唸りました。

「要はさっぱりわからねぇってことだな」

「出過ぎた真似をしといてお恥ずかしいんですが、そういうことなんです。それで、ご主人がたぶん買い取ったということなんですが」

「あぁ」

勘一は頷きました。

「覚えてるぜ。大層べっぴんさんだったからな」

「へぇえ、じゃあぁ、もう一度見たら、わかるぅ？」

「わかるな。そんときも思ったんだけどよ、堅気の女じゃねぇよ」

「どういうこと？」

紺が訊きました。

「どんな商売かはわからねぇが、人前に出る仕事なのは間違いねぇと思うな」

伊達《だて》に客商売はしていませんからね。確かにそういうのはわかると思いますよ。

「売り子さんとかよ、ホステスとかよ、なんだほらコンパニオンだったか。要はそういうたくさんの人に見られることに慣れた女だな。その辺は間違いねぇと思うんだが」

とはいっても、それだけじゃ何もわかりません。

「おめぇ、人殺しの経験はあるのか」

勘一が冗談めかして訊きましたが、紺が苦笑いしながら首を捻ります。

「ないとは思うんだけどね。にしても、これは確実に僕の名前だよね」

「だよなぁ。〈ほったこん　ひとごろし〉他になんか読みようがあるかよ？」

皆が〈ほ、つたこ、ん〉とか〈ほつ、たこん〉と声を出しますがもちろん意味を成しません。

「やっぱり〈ほったこん〉だねぇ」

うーんと唸ります。料理をしていたコウさんまでもが首を捻りました。紺が紙ナプキンに何かを書き出しました。

「なんでぇ」

小坂菜美、と書きました。じっとそれを見ています。

「兄貴、何考えてんの」

「これさ」

藤島さんに訊きました。

「偽名なのは間違いないのかな」

「少なくとも、住所はでたらめで、東京にそういう名前での電話登録はありませんでした。どうかしましたか？」

紺がボールペンで名前をとんとんと叩きます。

「じいちゃん」

「おう」

「これ、偽名にしても、ちゃんとし過ぎてるって思わない？」

どういうことでしょう。

「適当に考える偽名にしては、出来過ぎてるような気がするんだけど」

「おう、なるほどな」

「つまりぃ、山田花子とかそんなふうだったら偽名っぽいけどぉ、これは違うってことぉ？」

そういうことですか。皆がうん、と納得してます。確かにそうかもしれませんね。

「きれいにまとまってる名前ってことか」

青です。

「そういうこと」

さらに紺は額に手を当てて考えていますね。やはりこういうのを考えるのが、紺は得意ですよね。もっとも若い頃は考えすぎてよく失敗していましたけど。

「この〈ほったこん〉というのが僕だと仮定して」

うむ、と皆が頷きました。

「この小坂菜美さんは、そのページを隠して売りに来た。それはつまり、僕にこれを見せたいという意図があったんだ。簡単に剝がれる糊を使ったのもそのためだよね。つまりこの女性はここに書いてある通り僕を〈ひとごろし〉だと思ってる。告発のためなのか復讐《ふくしゅう》のためなのか、あるいは脅しなのか」

物騒な話になってきましたね。けれども紺はそんなことしてませんけど。

「でもぉ、お前は人なんか殺してないねぇ」

「うん」

「子供が書いた文字っていうのも、気になりますよね」

藤島さんです。紺が頷きました。

「そうなんだ。仮にこの文字を、小坂菜美さんが子供の頃に書いたと仮定して、この人が子供の頃に僕を〈ひとごろし〉だと思ったということは」

ぴくり、と紺の動きが止まりました。何事かと皆が紺の顔を見ます。じっと自分が書いた文字を凝視していますね。

「まてよ」

紺がまた何かを書こうとしてその手を止めて、真奈美さんに言いました。

「真奈美さんごめん、メモ帳か何かある？」

「あ、はいはい。これでいい？」

真奈美さんがブロックになったメモを手渡しました。紺は一、二、と数えながらそれを五枚取って、一枚に大きく〈こ〉と書きました。

「こ？」

勘一が顔を顰めます。紺は続けて〈さ〉と書きます。藤島さんが、ポン！　とカウンターを叩きました。

「アナグラムですか？」

紺が頷きます。アナグラムとはあれですね。推理小説でよくある名前の文字を入れ替えて、違う名前を作るものですね。もちろんわたしだって古本屋の女房でしたからよく知っています。

「まさかとは思うんだけど」

そう言いながら続けて〈か〉〈な〉〈み〉と一枚ずつに書いて、その五枚を並べます。

〈こ〉〈さ〉〈か〉〈な〉〈み〉

「これを入れ替えると」

〈み〉〈さ〉〈こ〉〈か〉〈な〉

「〈みさこ　かな〉。ちゃんとした名前になりますね。その名前に覚えが？」

藤島さんが訊くと、紺は頷きます。

「名字だけはね。〈三迫《みさこ》〉という名字には、確かに覚えがある。でも、下の名前は〈かな〉じゃないんだ」

「誰だよ」

勘一が訊きます。

「じいちゃん、忘れた？〈三迫貴恵《たかえ》〉さん」

「おっ！」

「あぁ！」

勘一と我南人が同時に声を上げました。青が首を捻ってますね。わたしも、思い出しましたよ。その人は。

「誰？」

青が訊きました。覚えていないのも無理はありません。あの当時まだ青は小学生でしたよね。今の研人より少し小さいぐらいじゃないでしょうか。紺が、青と藤島さんに向かって言いました。

「高校時代の僕の同級生だった子」

真奈美さんも、驚いた顔をして口に手を当てました。

「紺ちゃん！　その子って、あの」

言われて紺は少しだけ顔を顰めて頷きます。

「そう。あの子」

うーん、と勘一が唸りました。我南人は何か妙な顔をしています。

「確かに、三迫さんだったなぁ」

「その方が、何か、紺さんに？」

藤島さんです。紺がなんとも言えない表情をします。

「いや、実は告白されたんだ。好きですつきあってくださいって」

「おや」

藤島さんが微笑もうとするのを紺がいやいや、と止めます。

「でも、同級生っていっても全然知らなくてさ。当時別に好きな子がいたので、断ったんだ。僕としては丁重に、傷つけないようにね。ところが」

「思い出した！」

青です。パチンと手を鳴らして言います。

「それでその人、遺書を残して行方不明になったんだ！　紺ちゃんにフラれたから死ぬって書いて！」

そうそう、と勘一と我南人と紺と真奈美さんが同時に頷きます。自殺騒ぎとでも言えばいいんでしょうかね。藤島さん、うーん、と唇を歪めました。

「ということは、今は」

紺が頷きました。

「結論から言うと、それは未遂に終わったんだけどね」

真奈美さんも口を結びました。コウさんが何か言いたそうな顔をして、迷ったように口を開きました。

「それは、というとその後に何か？　差し支えなければ」

何というか、当時のわたしの気持ちとしては災難としか思えませんでした。確かにそのお嬢さんも、ご家族の方もお気の毒だったのですが、いちばん可哀相《かわいそう》なのは紺だったと思いますよ。

紺が説明しようとしたときに、我南人が急に何かを思い出したように立ち上がり、素《すっ》頓狂《とんきょう》な声を上げました。

「ちょっとぉ、待ってよおぉ？」

「なんだよ」

「この、〈みさこかな〉ってぇ名前の子、僕ぅ知ってるねぇ」

「なにぃ？」

「同姓同名かも知れないけどねぇ。ちょっと確かめてくるから、話進めててねぇ」

あ、と皆が手を上げて引き止める間もなく、さっさと店を出ていってしまいました。

本当に自分勝手というかマイペースというか。

「あいつは電話ってもんを知らねぇのか」

勘一がぶつぶつ言いました。

＊

「そんなことがあったんですか」

すずみさんが眉間に皺を寄せて、お饅頭を口に運びました。昭爾屋さんのお饅頭ですね。それは茶色いから牛蒡《ごぼう》か何かでしょうか。

我南人が出ていった後、花陽も研人も寝た頃だろうし、亜美さんとすずみさんがやきもきしているだろうということで帰ってきました。藤島さんも一緒ですよ。すいませんね本当に。

「確かに災難としか言い様がないですね」

すずみさんが言いました。

「まぁなぁ」

勘一です。

「紺からすれば、ほとんど知らねぇ同級生から告白されてよぉ、その気はないからゴメンって断ったらその日に行方不明になってな。しかも遺書まで書いて、そこにはっきりと〈紺にフラれたから死ぬ〉ってよ。先生とか親とかうちに押しかけてきたけどよ、俺も迷惑だって怒っていいもんだか申し訳ないって謝っていいもんだか悩んだぜ」

そうでしたね。勘一もわたしもですけど、当の紺がいちばん驚いたし、悩みましたよね。

「ご家族の方は怒ってたんですか？」

「いやぁ、まぁそれがな。ちゃんとした親御さんでよぉ」

そうでした。こう言っては傲慢《ごうまん》に聞こえるかもしれませんが、大変ご立派な分別のある方でホッとしましたよね。

「遺書を持ってきて、娘が迷惑を掛けて申し訳ないって。残念なことではあるけど、ここにも自分で書いてある通り、娘が勝手だったってな」

「それで、どうしたんですか？」

「放っておくわけにもいかねぇさ。ほとんど交流がなかったとはいっても同級生が死ぬって遺書を残して居なくなったんだ。我が家全員総出で探しまくったぜ。なぁ？」

紺も頷きます。

「クラスメイトもたくさん来てくれたしね」

「でも、探しようもなかったんじゃ」

「いや、それも書いてあったんだ」

「書いて？」

そうでした。はっきりとね。

「飛び降りて死ぬって」

本当にたくさんの人で、思い当たる高い建物を走り回って調べましたよね。そうしたら灯台下暗し。すぐその角のマンションの屋上で見つかったのですよ。あのケンちゃんが管理人をしているマンションです。

「はしご車も警察も救急車も来てよぉ、大騒ぎだ。その子は屋上のフェンスを乗り越えて立ってるし、近づいたら飛び降りるって泣きわめくし」

「実はけっこうびびっていたんだ」

紺です。

「誰かが説得しに行こうと思っても、とにかく近づいたら騒ぐんだ。今にも飛び降りそうで、誰も何もできなかった」

「でも、それで、助かったんですよね」

藤島さんが訊きました。亜美さんはもうこの顚末《てんまつ》は知らされてますからね。さっきから頷くばかりです。

「助かったんだけどよぉ」

勘一が口をへの字にして言いました。

「また我南人がしゃしゃりでてよ」

「お義父《とう》さんが」

屋上には警察の方やご両親や先生や紺や、とにかく関係者がたくさん集まっていたのですが、誰も彼女の方には近づけなかったのですよ。そこに、ふらりと我南人が現れたのですよね。

「しかも、ギターを持って」

「ぎたぁ？」

すずみさんの口がぱっくり開きました。そうですよ。本当にあの男は何をしでかすかわかったもんじゃありません。紺が口を開きました。

「さすがに僕もヤバいと思って止めようとしたんだけど」

紺はどこか懐かしそうに微笑みました。

「その場にいた全員があっけにとられるぐらい、さささっとフェンスの方に近づいていって」

「どうしたんですか？」

「歌った」

「うた」

藤島さんが眼を白黒させます。

「親父はさ、普段はあんなだけど、歌うときの声は張りがあってすごいだろ？　あの声で『息子を好いてくれてありがとう』って。『でも、好きになるってことは、好きになってもらえることじゃないよ。死んじゃったら、もう誰も好きになれないんだよ。誰も好きになってくれないんだよ。LOVEから遠く離れていっちゃうんだよ』なんて言って、ギター構えてジャーン！　って」

「何を歌ったんですか？」

「ビートルズの『ヘイ・ジュード』」

すずみさんが、小さな声でうわぁ、と言いました。

「力強くさ、朗々と、最後にはなんでだかぼろぼろ涙をこぼしながら、泣きながらさ。歌い切って」

馬鹿だよなぁ、と紺は小さく笑いながら呟《つぶや》きました。

「それで、その子は」

「親父が歌い終わったらさ、フェンスを乗り越えて戻ってきて、なんか大泣きしちゃって」

ご両親が飛んでいって、抱きしめていましたよ。帰ろうとした我南人と紺を呼び止めて、向こうのご両親は泣きながら、我南人の手を握り、ありがとうありがとうと何度も言っていましたよね。

「まぁ、向こうの親御さんが本当に善人で助かったぜ」

勘一がお茶を飲みながら、口をへの字にして言いました。すずみさんが感心したように首を小さく振りました。

「さすがですねぇ」

「感心なんかするんじゃねぇよ。後で警察に俺はさんざ絞られたぜ。助かったからいいようなもんだけど、ああいうことは困るってな」

「お義父さんは、どこへ？」

「それが〈みさこかな〉って名前の子を知ってるとか言って」

どこかへ行ってしまったんですよね。

「しかしおめぇよく思いついたな、アナグラムなんてよ」

勘一が紺に言いました。

「うん。ひらがなで〈こさかなみ〉って考えて、その中にさ、〈みさこ〉って見つけて、で、子供の字だろ？　それで急に思いだして。そういえば子供がいたって」

「子供？」

勘一が眼を細めました。

「〈三迫貴恵〉さんに、妹さんがいたんだよ。名前は知らないけど覚えてたんだ。まだ小さかったけど」

藤島さんが、首を傾《かし》げました。

「でも、〈三迫貴恵〉さんは助かったんですよね。むしろ我南人さんと紺さんを命の恩人と思ってもいいはずなのに、どうしてその妹さんが、子供の頃にこれを書いたなんて連想を？」

紺が顔を顰めて頷きました。

「助かったのはいいんだけど、三迫貴恵さん、それから神経を病んじゃって」

すずみさんが眉間に皺を寄せました。

「学校も結局休学しちゃって、どこかの病院か施設かに入ったって話を聞いたけど、もうそれっきり」

高校を卒業してからは風の便りに聞くだけでしたけど、回復されたという話は聞きませんよ。

「子供だから、自殺騒ぎだけでさ、あるいは遠くの病院に行ってしまって会えなくなったとしたら、お姉ちゃんが僕に殺されたって思っても仕方ないだろ？　だからひょっとしたらって」

なるほど、と勘一が頷きます。

「ありえねぇ話じゃねぇけど、しかし今更何でってことだな、問題は」

そうですよね。もう十何年も前なんですが。おそらく、ご住所は変わっていないでしょうから調べたらすぐにわかりますね。その妹さんはもうご実家にいないとしても、ご両親に訊けばすぐに消息はわかるでしょう。

でも、とりあえず、我南人が出掛けていってしまったので、それを待とうという話になりました。

四

次の日です。今日も朝からお天気が良くて気持ちが良いですね。朝の冷たい空気の中には、もう季節がはっきりと冬に向かっているような匂いも漂います。

朝ご飯を食べながら勘一がぶつぶつ言ってますよ。

「結局あの野郎帰ってこなかったじゃねぇか」

我南人のことですね。昨夜《ゆうべ》、思わせぶりに消えてしまってから何ひとつ連絡がありません。それもまぁいつものことなんですけど。

「お母さんとマードックさんは、何時ごろ帰ってくるの？」

「午後の二時頃とか言ってたな」

花陽と紺の会話を聞いて、亜美さんが言いました。

「あのね」

たまたま全員がおみおつけを口に運んだときで、会話が途切れていて、皆が亜美さんを見ました。亜美さん、ぐっと体を反らします。

「あ、いや、そんなに注目されても困るんですけど」

「なんでぇ」

「マードックさんのことですけど」

うん、とまた皆が頷きます。

「なんて、お呼びしましょうか」

おおー、という声が期せずして全員から上がりました。亜美さん、なぜか照れて笑います。

「俺は今まで通りマードックでいいとしてよぉ」

「僕たちは、さん付けじゃあ、他人行儀だしね」

紺が頷きながら言います。

「マードック義兄《にい》さん？」

青がおどけたように言うと皆が笑いました。勘一なんかご飯まで噴き出すような勢いですよ。失礼ですよねそんな。でもちょっとだけ笑ってしまいますね。

「ましてや花陽にはお父さんになっちゃうわけだし」

紺が言うと、花陽も、うん、と頷きます。

「お父さんって呼ぶのは、ちょっと照れるなー」

そうですよね。ずっとマードックさんと呼んできたのに。かといって、ねぇ。すずみさんが悪戯っぽく微笑みました。

「きっとマードックさん、花陽ちゃんになんて呼ばれるか、ワクワクして待ってますよ」

今度は皆が、あぁ、と苦笑しました。

「あいつぁそんな男だよなぁ」

「だから！」

研人です。お箸《はし》を振り上げてカレンダーを指して言いました。

「マーちゃんでいいじゃん！ドックちゃんにしようかと思ったけど」

「犬じゃん」

「犬はドッグだよ」

なんだかんだと話していましたが、結局決まりませんでした。まぁ今までどおりマードックさんに落ち着くんでしょうけど、花陽はねぇ。今は無理としても、いつか〈お父さん〉と呼んであげると、マードックさんも喜ぶと思うんですけどね。

＊

花陽と研人が登校していって、いつものように朝の時間が流れていき、何事もなく昼を過ぎました。皆がそれとなく気にして待っているのですが、我南人は帰ってきませんし、電話もありません。もちろん携帯なんかあの子は持っていませんよ。

同じように皆が帰りを待っている、藍子とマードックさんはそろそろ家に着く頃でしょうか。花陽も研人もきっと寄り道をしないで急いで帰ってくるでしょうね。

居間では、亜美さんが赤ちゃんの様子を見ています。かんなちゃんと鈴花ちゃん、今日もずっとご機嫌ですね。夜中にお腹《なか》が空《す》いたといって泣くのはあたりまえとして、こうしてぐずりもしないでいてくれるのは本当に助かります。

まぁ我が家の場合は常に傍に誰かがいるせいかもしれません。人がいなくても、猫や犬がしょっちゅう覗いていますから。

何か調べものでしょうか。店の棚の前に立って何かを探していた紺が、ふと振り返ってガラス戸の本棚の前に行きました。

「そういえば」

その声に、帳場に座っていた勘一も、その後ろで本の整理をしていたすずみさんも紺を見ます。

「なんでぇ」

「ここの本が並べ替えられていたやつ」

「おう」

勘一がぽん、と机を叩きました。

「おめぇのひとごろしの件ですっかり頭から抜けていたぜ」

「ひょっとしてさ、あの並べ替えもアナグラム？」

すずみさんが「あ！」という声を出して、何やら紙切れを取り出しました。あぁ、あの三冊の本がメモしてあるのですね。

〈芥川龍之介『河童』、佐藤春夫『随縁小記』、稲垣足穂『弥勒』。大宅壮一『蛙のこえ』、井上甚之助『随筆歌舞伎三昧』、香山滋『木乃伊の恋』〉

そのメモをじっと眺めた勘一が顔を顰めました。

「駄目だろうよこりゃ。アナグラムも何もこんだけあっちゃどうしようもねぇさ」

「いや、待って。アナグラムじゃなきゃ、違う暗号とか」

すずみさんが急に顔を輝かせて、何かわくわくしてるように見えますけど。

「子供っぽいですけど、頭の最初の字だけを読むとか！」

「頭の字？」

勘一がメモを見ながら読み上げます。

「あ、さ、い、お、い、か」

どうやらそれぞれの作家さんの名字の最初の文字ですね。

「浅井、甥《おい》か？」

「朝、イオ、烏賊《いか》？」

「意味にならねぇよ。浅井なんて知り合いはいねぇし、朝に烏賊食ってどうすんだよ」

「イオで焼き烏賊になってるよ」

「美味しいじゃないですか」

「なに言ってんだかわかんねぇよ」

わたしもわかりませんね。イオとはなんでしょうか。

「下の名前はどうですか？」

「り、は、た、そ、じ、し。ますますわけがわからねぇよ」

じゃあ、と紺が言いました。

「タイトルの頭は？」

勘一が半ば面倒臭そうに読み上げます。

「か、ず、み、か、ず、み」

「かずみ？」

「かずみ？」

「かずみってぇのは、普通は女のな、あぁ!?」

勘一が素頓狂な声を上げて腰を浮かせました。わたしも思わず勘一の背中を叩いてしまいましたけど、もちろん、すかっ、と空振りするだけです。でも、〈かずみ〉って、まさか。

「かずみって、おい！」

おい！　と言われても、すずみさんや紺はきょとんとしています。

「知り合いに〈かずみ〉さんがいるんですか？」

「かずみさん？」

紺が首を捻っています。そこに、からんころん、と音がして扉が開きました。

「ただいま！」

あら、藍子です。帰ってきましたね。クリーム色のニットのスーツを着て元気そうです。

「藍子さん！」

すずみさんが嬉しそうに声を上げました。

「ただいま、もどりましたー」

「マードックさん、お帰り」

マードックさんも喜色満面です。ところがさらに続けて家の縁側の方から大きな声が聞こえてきました。

「ただいまぁー、みんなぁ、いるぅ？」

あの声は我南人じゃありませんか。あらっ、一緒にいる女性の方は。そっちを見た紺がびっくりして声を上げました。

「池沢さん！」

そうです。女優の池沢百合枝さんです。他にもう一人おきれいな方がいますね。あっちからもこっちからもやってきて、皆が混乱しています。

「失礼しますよー」

さらにからんころんと音がしてお店の扉が開き、黒いジーンズに黒いタートルネック。それに真っ白なコートを着たご婦人が入ってきました。まだ入口に立ったままの藍子が身体をすっと引きました。お若い格好をしていますが。

「かずみじゃねぇか！」

勘一が叫びました。

「勘一ぃ、ひさしぶりー」

かずみちゃん、両手を振って笑っています。まぁ、なんでしょう本当にいっぺんに。

＊

お店の方もカフェの方にも〈ちょっと休憩〉という札を下げてしまいました。あの札はついこの間、研人が作ったんですよね。

藍子とマードックさんが無事に帰ってきて、これで我が家の皆が揃いました。

そこにさらに、池沢さんとお連れの女性。そしてかずみちゃんです。台所で、藍子がさっそくイギリスから買ってきたというフォートナム・アンド・メイソンのアイリッシユ・ブレックファストの口を切ってます。

「ミルクティーにすると美味しいって」

「あ、じゃあ、ミルク温めますね」

亜美さんとすずみさんが準備をしています。明治の頃からずっと使っているティーセットも我が家にはありますよ。池沢さんと女性の方、そしてかずみちゃんは、笑顔でかんなちゃんと鈴花ちゃんを抱っこしたりしています。ちょうどいいから、とマードックさんはお土産の紅茶などを皆さんにお配りしています。

「さてと」

お茶の用意もできて、皆さんが座卓につきました。勘一がカップを手に取って一口飲みます。

「懐かしい匂いだな、おい」

そうですね。昔はよくこういうものが家にありましたね。かずみちゃんが頷きました。

「久しぶりだねぇ、勘一と我南人とこうしてお茶飲むっていうのも」

「そうだねぇ、まったくねぇ」

和やかな三人の様子に、藍子や紺や青が不思議そうな顔をしてますね。

「さてっと、いきなりばたばたしちまったがよ。かずみのことは後回しにして、池沢さんお久しぶりでしたね」

池沢さんはにこりと微笑みます。

「その節はいろいろありがとうございました」

「いやいやぁ、こちらこそってなもんで」

それで、と勘一が我南人を見ました。

「何がどういうわけで、こうなったんでぇ」

「そうだねぇ」

我南人が、池沢さんのお連れの方を見ました。

「こちらはねぇ、池沢さんと同じ事務所の女優さんで、折原美世さん。顔はみんな知ってるよねぇ」

藍子も亜美さんも紺も青もすずみさんも頷きます。折原さん、緊張した面持ちで、口を開きました。

「折原と申します。この度は、ご迷惑をお掛けして、本当にすみませんでした!」

勘一が右の眉《まゆ》をひょいと上げました。

「ご迷惑ってことはよ」

「そうなんだねぇ」

我南人です。

「この子がぁ、〈三迫佳奈《かな》〉さんなんだよぉ。折原美世は芸名でねぇ」

そうだったんですね。それにしても、池沢さんと青。実の母と息子です。まだ互いに名乗りを上げてはいませんが、青の方は薄々感づいてはいると思うのですけど。特におかしな素振りもなく同じ座卓についていますけどね。その青が訊きました。

「昨日の朝、うちに来られましたよね？」

そうですよ。我南人と一緒に取材の帰りだとかで。折原さんが頷きました。

「まったく、偶然だったんです。雑誌の企画で我南人さんとご一緒して下町を散歩したんです。私も、実家はここからそう遠くありません。下町で育った者同士で」

確かにそうでした。我南人も頷きます。

「あの」

紺を見ました。

「〈三迫貴恵〉は、確かに私の姉なんです。でも、私はすっかり忘れていたんです。我南人さんと紺さんのことは」

お姉さんの自殺騒ぎでいろいろあったことは覚えていても、細かい部分は忘れてしまったということですね。訊けば当時は五歳だったとか。それは忘れてしまっても無理はありません。

「でも、昨日の朝こちらにお邪魔して、堀田紺、というお名前を聞いて、急に、もうびっくりするぐらい」

当時の記憶が蘇《よみがえ》ってきたそうです。自分が当時大事にしていた本に、〈ほったこんひとごろし〉と書いたことも。

「それは、本当にそう思って？」

藍子が訊きました。もちろん藍子は当時のことをよく覚えてますよ。同じ高校でしたし、弟の紺のことを本当に心配してましたから。折原さんが首を横に振りました。

「たぶん、親がいろいろと説明してくれたことを、自殺っていう言葉だけでそう解釈してしまったんだと思います。実際、姉は入院して家からいなくなってしまったので。たぶんこんなことを書いてしまったんだろうと思います」

びっくりしたし、悲しかった。その気持ちが、こういう文章を書かせたのだろうと。

「あの」

亜美さんです。少しためらいがちに訊きました。

「お姉さんは、今は」

紺の妻としても、気になるのでしょう。折原さんは、唇を結んだ後に言いました。

「落ち着いてはいますが、今も、病院と家を行ったり来たりするような暮らしです。あれから、ずっと」

静かな溜息が、皆の口からこぼれました。紺は、眼を閉じ、腕を組みました。紺に責任はないとはいえ、複雑な心境でしょう。折原さんは少し慌てたように言いました。

「でも、それについて私は今まで、その、紺さんのことを考えたり恨んだりするようなことはありませんでした。それは本当にです。でも、こちらにお邪魔して、急に思い出して、そして」

一度言葉を切りました。唇をほんの少し引き結びます。

「皆さんの、堀田家のご家族の様子を見ていて、なんだか羨《うらや》ましくなりました。たくさんのご家族がいて、皆さんが楽しそうに仕事をしていて、賑やかで」

昨日、折原さんも見えられたときに、カフェで我南人が家族の話をしていましたよね。

「兄妹が多くて、家族がたくさんいて、赤ちゃんの声も聞こえて、楽しそうで、幸せそうで」

折原さん、少し瞳《ひとみ》が潤んでいます。

「姉の自殺騒ぎの後、私の家は灯が消えたようになりました。私は、そう感じたんです。父も母もまるで人が変わったように暗くなってしまって、姉がこんなことになってしまったのは自分たちのせいだとそんなことばかり言って、私に済まない済まないと謝ってばかりいて」

勘一が、唇をへの字にしながら折原さんを見つめています。

「そんなこと、良かったのに。私の方を見て、今までどおり過ごしてくれれば良かったのに、父も母も姉の方ばかり見ていたんです。私にとって家は、家族は、遠く離れていってしまったような気がしたんです。事実、姉の病院通いや家にいるときでも腫《は》れ物にでも触るように接して、空気がぎすぎすしてしまって。そういう気持ちが、急に、急に噴き出してきてしまって、悔しくて羨ましくて、どうして、どうしてここの家はこんなに心地よいんだろうって」

折原さん、涙を止められませんでした。口を押さえて、下を向いてしまいました。

「でねぇ、折原ちゃん、幸せそうにしている紺が急に憎らしくなっちゃったんだってぇ」

すみません、と折原さんが頭を下げます。

「すみません、すみません、ごめんなさい、ごめんなさい」

きれいな瞳から涙が止めどなくこぼれていきます。池沢さんがそっと肩に手を置いて、何か促すように言葉を掛けました。

「そのまま、実家に帰って、あの本を探しました。忘れていたけど、ありました。それを見てまた当時の気持ちを思い出して悲しくなって、なんか」

気がついたら、本を我が家に持ち込んで売っていたそうです。

「なんてことをしたんだろうって、後から怖くなりました。どうかどうか、あの紙をはがさないでそのままにしてほしいと思ってました、また買い戻そうかどうしようか悩んでいて、本当に、ごめんなさい」

ここで、池沢さんが、つい、と少しだけ身を乗り出しました。

「紺さん、勘一さん」

二人とも池沢さんを見ます。

「実は、今回の雑誌の企画に、我南人さんと折原さんのお二人がいいんじゃないかと言ったのは私なんです」

「ほぅ」

池沢さんが申し訳なさそうな顔をします。

「下町育ちではあるものの、家族というものにあまり幸を得なかったという折原さんに、堀田さんのお家のお話を、こういうご家族もいるのよ、とお話ししていたんです。それで、折原さんは我南人さんのファンでもあったので、話がとんとんと進みまして」

「そうだったんですか」

ですから、と池沢さんが頭を下げます。

「事情もきちんと当たらずに、大変申し訳ないことになってしまい、責任を感じております。折原共々、心から謝罪いたします。本当に、申し訳ありませんでした」

お二人が、揃って背筋を伸ばし、深々と頭を下げました。

「いやいやぁ、そんなことしねぇでくださいよ」

勘一が慌ててお二人に頭を上げてもらいました。

「こんなねぇ、美女二人に頭を下げさせたなんてわかったら、俺ぁあの世で親父にどやされるもんでね」

そうですね。お義父さんなら怒りますよね。皆がなるほどそういうことだったのか、と納得する中、紺が口を開きました。

「あの、折原さん」

「はい」

折原さん、眼を真っ赤にして、涙を拭《ぬぐ》いながら顔を上げました。

「あの頃、僕は高校生で、正直自分の身の上にいったい何が起こったのか、よくわかりませんでした。どうしてお姉さんはあんなふうになってしまったのか、やっぱり僕が責められるべきなのかなとか、どうすれば良かったのかとかいろいろ。でも何も結論は出ませんでした」

紺は、じっと折原さんを見ました。

「だから、お姉さんのことは、一生覚えておこうと決めてました。絶対に、忘れないようにと。それしか、僕にできることはありませんでした」

小さく、紺は息を吐きます。

「僕を憎んでますか？　二度と会いたくないですか？」

優しく微笑みながら訊きました。折原さんは慌てたように、首を横に振ります。

「いいえ！　とんでもないです」

じゃあ、と紺が言います。また優しく微笑みかけましたよ。

「もしよければ、またうちに古本を買いに来たり、コーヒーを飲みに来てください。歓迎します」

勘一がうんうんと頷き、折原さんが、ありがとうございますとまた涙を流して頭を下げます。池沢さんが優しくその背中を撫でていました。

「LOVE　だねぇ」

いきなりです。またですか。

「僕からもお願いだねぇ。気にするなっていっても無理だろうけどぉ、遊びに来てほしいなぁ」

「はい。来ます。必ず」

折原さん泣き笑いしながら、頷いてくれました。

「ひとつだけ、疑問が」

折原さんが何でしょう、と紺を見ます。

「〈みさこかな〉を〈こさかなみ〉という名前にしたのは？　いや普通はアナグラムなんか使って偽名は作らないなぁと」

紺が笑うので、折原さんも少し恥ずかしそうに微笑みました。

「実は、恥ずかしいんですけど、私は、小さい頃から『将来女優になる！』って言っていた子供で、推理小説も大好きだったんです。その名前は女優になったときの芸名にしようと小学校の頃に考えたものなんです」

結局使わなかったんですけど、とまた恥ずかしそうにしました。

「どっちにしてもぉ、いい名前だねぇ。僕なんかぁ〈我南人〉だからねぇ。芸名だってこんな名前思いつかないねぇ普通は」

「悪かったな。言っとくがつけたのは親父だからな」

勘一が毒づいて、皆が大笑いしました。まぁちょっとした騒ぎになってしまいましたけど、折原さんの表情もようやく緩んで明るくなりましたし、うまく収まったようで良かったですよ。

しばらくは、折原さんや池沢さんのご活躍などの話に花が咲きましたが、お忙しいお二人です。本当にお騒がせしてすいませんでした、と帰っていきました。何せ大女優さんですし、周りを騒がせてもなんですから、大通りまでお見送りしてすぐタクシーに乗っていただきましたよ。

誰も何も言わなかったのですが、我南人と青がお見送りしました。藍子と紺が顔を見合わせて微妙な表情をしていましたが、さて、この辺りもいずれどうにかなるものでしょうか。

「さーて、かずみだな」

かずみちゃんが微笑みます。

「相変わらず騒がしい家だねぇ」

二人で大笑いしました。かずみちゃんが居た頃にもいろいろありましたよね。それにしても、かずみちゃん若々しいですね。もう幾つになりましたか、勘一とは十ばかりも違うはずですから、七十ぐらいですか。

「随分と洒落《しゃれ》た真似してくれたじゃねぇか」

「判るのが遅いわよぉ。あんなに簡単なものなのに」

本の並び替えの件ですね。そう言えば思い出しましたが、昔はよく我南人とそんなことをして遊んでいました。

「かずみさんって、ひょっとして、大山かずみさん、ですか？」

藍子が訊きました。かずみちゃんが、はい、と、にっこり笑って頷きました。

「知ってたか？　藍子は」

「いつも年賀状はいただいてましたよね」

あぁそうか、と勘一は頷きます。わたしと勘一宛《あ》ての年賀状ですからね。紺や青などは見ていないでしょう。

「かずみはな、この家に居たんだよ。昔な」

「昔というと」

紺が訊きました。

「終戦の年から、えーと、いつまで居たんだっけな？」

「昭和の三十三年だったかしらね」

もちろんまだ誰も産まれていませんね。長女の藍子で昭和四十七年生まれですから。

「話してないか？　あの頃にはな、かずみもそうだけど他にもジョーとマリアちゃんと十郎《じゅうろう》さんってな、同居人が随分増えた年だったのよ」

それに、わたしもですよ。藍子が頷いています。

「確か、おばあちゃんともその頃に一緒になったのよね。前に聞いたことある。紺ちゃんだって聞いてたじゃない」

「そういえば写真があったよね。家の前で撮ったやつ。ハーフの男の人とかきれいな女の人が写ってた」

「おお、それよ。ありゃあどこにしまったかな。その男はジョーだな。高崎《たかさき》ジョーってんだ」

かずみちゃん、皆の顔を見て、そして居間の様子をぐるりと見回しました。

「それにしても」

嬉しいわぁ、と笑います。

「ようやく皆の顔を見られて、ここに帰ってこられて、嬉しい」

しみじみと言います。随分長い間ご無沙汰でしたからね。

「私はねぇ、戦災孤児だったのよぉ」

かずみちゃん、皆に話しかけます。ご近所にあったお医者さんの一人娘でしたよね。

「空襲で家族が死んじゃってね。草平ちゃん、皆のひいおじいちゃんに引き取られて、九歳のときからずっとここで暮らしていたの。勘一をお兄さん、サッちゃんをお姉さんと慕ってねぇ。それが」

仏壇の方を眺めました。

「もう草平ちゃんもお母さんもね、そしてサッちゃんまで先に逝《い》っちゃって。残ってるのはいちばんうるさい勘一だけなんてねぇ」

「悪かったな」

笑いました。わたしはまだここに居るのですけどね。本当に、できればかずみちゃんと抱き合って再会を喜びたいのですけれど残念です。

「葬儀にも来られなくて、ごめんなさいね」

「なぁに、気にするなって。そういう話をしてここを出ていったんだからな」

「そういう話？」

紺が訊きました。

「こいつは親の後を継いでよ、女医さんになってな」

「あ！」

すずみさんが声を上げました。

「なんでぇすずみちゃん」

「もしかして！」

だだだっ、と走って店の方に行きました。何事かと皆が訝しがる中バタバタしていたと思ったら一冊の本を持って帰ってきました。

「この、この大山かずみさんですか⁉」

あら、その本。よく見つけましたね。

「おお、そうよ。それだ」

小さな出版社から出された、無名の本ですよね。ずっと無医村を渡り歩いた日本でも珍しい女医〈大山かずみ〉さんのことを書いたルポルタージュです。そうなのよぉ、とかずみちゃんが少し照れてます。

「あちこち行ってたよなぁ。北は北海道から南は沖縄まで。動ける限り無医村を回るって言ってなぁ。ちっともここに寄り付きやしねぇ。最後に寄ったのはいつだった？」

「確か、三十年ほども前よね。まだ藍子ちゃんも紺ちゃんもちっちゃかった」

「そうだったな」

かずみちゃん、ずっとずっと無医村医療のために尽くすと誓って、この家を旅立っていったのですよね。お義父さんも言ってました。何があろうと、ここに帰ってくる時間があるなら病に苦しむ人のために時間を使えと。それをずっと守っていたのですよね。

「それじゃあ」

藍子が訊きました。

「こちらにいらしたということは」

かずみちゃん、頷きました。

「もうね、さすがに無理みたい。人様の命を預かるのには少々年を取りすぎちゃったみたいで」

お医者さまに定年はありませんが、現役は引退ということでしょうか。

「まぁ、のんびりすりゃいいさ。今まで頑張ってきたんだからなぁ。なんだったら昔みてぇにここに住めばいい」

「あらそう？　とりあえず知人のところにやっかいになってるんだけど」

「元々のおめぇの家じゃねぇか。なぁ我南人」

「もちろんだねぇ。もっとも」

マードックさんの方を見ましたよ。いきなり眼を向けられて、マードックさんちょっと驚いています。

「マードックちゃんのいるところが、なくなっちゃうねぇ。せっかく帰ってきたのにい」

「おお」

勘一です。

「すっかり忘れてたぜおめぇのことを」

まぁ可哀相に。マードックさん、頭髪の薄い頭を掻《か》いて、苦笑いです。

「ほったさんに、おみやげ、なしにします」

「なんでぇマードック」

「はい？」

「家族になったってぇのに〈ほったさん〉かよ」

あら。そんなことを言い出すとは。マードックさんも驚いてますよ。

「え、じゃあ、おじいさん、とよんで、いいんですか？」

勘一が渋い顔をしました。

「気持ちわりぃな。やめとけ」

皆で大笑いしました。まぁそういうのはおいおいですよね。

＊

紺が仏壇の前に座りました。話ができるでしょうか。

「ばあちゃん」

「はい、ご苦労さまでした。なんだか大変だったねぇ」

「あぁ、大丈夫だよ。もう昔のことだしね」

「あの折原さんって方、何かの折りに、ちょっと気にしてあげた方がいいかもねぇ」

「うん、そうする。それよりこれだろ？　終戦の頃の写真、一枚だけ仏壇の引き出しにあった」

「あぁ、そうそう。あら懐かしいねぇ。ジョーさんも、マリアさんも、十郎さんも」

「楽しそうだよね。いろんな人が居て。親父はまだこんなちっちゃいし。ばあちゃんもきれいだし」

「お世辞言っても何もでませんよ。それより、マードックさん、帰ったのかい？」

「そう。藍子はこのままこっちに居るっていうし、結局自分の家に帰っていったよ」

「今後はどうするって？」

「いやどうしようかなぁ。こっちで考えてあげないとね」

「そうだね。あの人は押しが弱いから」

「かずみさんもいるし、淑子さんのこともあるしさぁ。本当にこの家の全面改装も考えようかなぁ」

「あぁ、そうだねぇ。なんだか苦労が絶えないねぇお前には」

「いや、まぁ楽しいけどね、なんだかんだ言って。あれ？　終わりかな？」

紺が苦笑いして、おりんを鳴らします。はい、お疲れさまでした。

あぁ、可愛らしい泣き声が聞こえてきて、紺が慌てて走っていきました。あれはかんなちゃんでしょうか鈴花ちゃんでしょうか。

なんですか最近は年を追うごとに人数が増えていきますね。昔からたくさんの人が出入りする家でしたから、これも堀田家の伝統なのでしょう。

人が増えればその分煩わしいことも増えますが、何もない日々よりはいろいろあった方が賑やかでいいんですよ。

いろいろあって、たくさん怒って泣いて笑って、そうやって人というのは大きくなっていくんですから。

㊄ 冬に稲妻春遠からじ

一

今年もついに師走《しわす》になってしまいました。

とはいえ随分と暖かな日が続いていて、とても十二月になったとは思えません。我が家でも衣替えをしまして、冬の厚いコートや羽毛入りのジャケットなどが箪笥《たんす》に並んだというのに、まだ誰も使っていません。研人などは暑いと言って夏のジャンパーを引っぱり出して学校に出かけていますよ。まぁ子供はそれぐらい元気な方がいいのですけど。

道路向かいの畳屋さんの常本《つねもと》さんのお庭から、にょっきり顔を出している南天の木の実がすっかり赤くなりました。小鳥がついばんで落ちた実が、道路に赤い染みを作っています。

我が家の庭のシクラメンの花もきれいに咲いています。裏の杉田さんのお庭の柚子《ゆず》の木が、今年は随分とたくさんの実をつけて、色と香りを振り撒《ま》いてくれてます。ときどき、ひとつふたつといただいて、お料理などに使わせてもらっているのですよ。

そんな十二月の二十日過ぎ。

花陽や研人には楽しいクリスマスも間近になってきました。

いつものように、賑《にぎ》やかに堀田家の朝は始まります。もう既にクリスマスツリーも出されて飾り付けがされているのですが、今年は大変なことになっています。我が家は家中がクリスマスの飾り物に囲まれて、そのままそういうお店開きができるのではないかと思うほど。

お祭り好きの勘一はともかくとして、紺も亜美さんも青もすずみさんも、それほど浮かれまわる親ではないのですが、大騒ぎしているのは亜美さんのご実家のお父さんお母さんである脇坂さんですね。

そうなのですよ。脇坂さんにとっては、孫のかんなちゃんと研人と過ごす初めてのクリスマスなので、それはもう大騒ぎなのです。

十二月の声を聞いた頃から、クリスマスの飾り物やらトナカイの人形やらサンタさんの衣装やら、はてはよだれ掛けやガーゼのハンカチまでクリスマス仕様のものを毎日のように持ち込んできて、亜美さんが「めまいがするわ」と嘆いてました。しかも鈴花ちゃんの分まで一緒にです。でも、すずみさんの親はもういらっしゃらないので、これは青とすずみさんとしては大変ありがたいのですがね。

　その飾り付けのおかげで、賑やかというよりは華やかな台所では、藍子と亜美さん、すずみさんに花陽も加わり朝ご飯の支度です。白いご飯に豆腐とお揚げのおみおつけ、煎《い》り玉子にソーセージを焼いたもの、昨日の夜の残り物の蕪《かぶ》の煮物にほうれん草のおひたしにご近所からいただいた粕漬《かすづ》け。

　研人とマードックさんが座卓に運ぶのを手伝って、今日も全員揃《そろ》って「いただきます」です。

「おいケチャップが出てねぇぞ」

「研人ぉ、今年のサンタさんはなぁにぃ」

「そういや藤島くんは正月ハワイだって」

「Ketchup ですか？　なにに、つかいます？」

「おかあさん、藤島さんに話してくれた？　家庭教師続けてほしいって」

「FF！」

「ハワイかぁ、いいなぁ。一昨年《おととし》に行ったきりだなぁ」

「ソーセージにはケチャップだろうが。煎り玉子にだってピッタリだ」

「あ、ほら、ポコが鈴花ちゃんの上に！　だめよっ！」

「そりゃあまた随分所帯じみてるねぇ。寒いのぉ？」

「藤島さん、忙しいのよ？　訊《き》いてはみるけど」

「おじいちゃん！　かけすぎです。玉子がオレンジ色になってますよ！」

「なんでＦＦが寒いの？」

「ハワイ行きたい。行きたい」

「ぼく、いったこと、ないです。Hawaii」

「ファンヒーターでしょぉ？　部屋に置くのぉ？」

「ケチャップはトマトだろうが。健康にいいんだって好きにさせろよ」

「ファイナル・ファンタジーだよ？」

ハワイ、いいですね。わたしも一度だけですが行ったことがありますよ。家族で旅行などなかなかできませんけれど、皆が元気なうちに一度くらい、そういうことがあってもいいですよね。

「ハワイって言えばさ、じいちゃん」

青です。

「おう、なんだ」

「今日、アメリカから本が届くって電話が昨日あったんだけど、何が届くの？」

「アメリカぁ？」

「うん」

「いや、知らねぇぞ？　紺、なんか洋書買ったのか？」

洋書の古いのはたまに買い付けしますよね。紺はお椀《わん》を口にしながら首を横に振りました。

「買ってないな。すずみちゃんは？」

「いえ？　買ってません」

あら、誰も買っていないのですか。

「なんか、かなり大量だから受け入れの方はよろしいでしょうかって」

大量ですか。勘一が首を捻《ひね》ります。

「さーて、なんだそりゃあ。アメリカにもう本を送ってくるような知り合いはいねぇよなぁ」

「もう、ってことは、まえは、いたんですか？」

マードックさんが訊きました。

「おう。居たな。昔馴染《むかしなじ》みばっかりだから、皆死んじまってなぁ」

「そうでしたか」

「この年になるとなぁ、昔馴染みがどんどん逝《い》っちまってな。淋《さび》しいもんよ」

勘一が言っているのは、終戦当時この家に住んでいて、アメリカに渡っていった皆のことですね。どうしようもないこととはいえ、やはり淋しいですよ。研人がきょろきょろしてますが、わたしを探しているんでしょうか。

「でも大じいちゃんはずっと生きてるんでしょ？　花陽ちゃんやかんなや鈴花が結婚するまで！」

「おうよ」

勘一が、にかっと笑いました。

「まかしとけって。なんなら、玄孫《やしやご》が産まれるまで生きてるからよ」

「やしゃごって？」

「曾孫《ひまご》の次だ。要するにおまえたちの子供が産まれるまでってことよ」

研人がうん、と頷《うなず》いて、僕の子供かぁ、なんて嬉《うれ》しそうに呟《つぶや》いてますよ。なんでしょう、笑ってしまいますけどね。小さい子にも優しい研人ですから、そういうことを考えるのは嬉しいのでしょうか。


花陽と研人がいつものように学校に向かいます。もうすぐ学校も冬休みになりますね。家の方ではそろそろ大掃除の準備が始まる頃です。

何せ古い家ですし、日本家屋です。障子はもちろんこの時期に一家総出で張り替えることになりますし、襖《ふすま》や畳なども時機を見て、お店に頼んで張り替えます。

加えて恒例の書庫であります蔵の大掃除もあります。むろん、相当な量の古本がありますので、いっぺんに大掃除などできません。毎年つけている掃除の記録の帳面を見ながら、今年はこの辺りをやろうかと決めて本の状態を確認して、埃《ほこり》をはたいて整理をしていきます。今年はマードックさんも本格的に手伝ってくれるそうですよ。

「じいちゃん、今年はそこの畳、張り替えようか」

青が帳場に座った勘一に言いました。

「うん？　おお、そうか？」

勘一が腰を浮かして、座布団をめくります。確かに、もうそろそろ張り替え時ですね。

「そうだな。今年はこいつをやるか。他には？」

「他は今年は大丈夫」

「三畳ならすぐだな。どら、ちょいと常んところに訊いてくるか」

勘一が帳場から降りてサンダルをつっかけて、お向かいの常本さんのところへ向かいます。畳屋の常本さんもここで商いを始めて三代目。ご主人の幸司《こうじ》さんの代で終わりかな、なんておっしゃっていたのですが、昨年、次男の剛志《つよし》さんが勤めを辞められて後を継ぎました。

ずっと商社で働いていた剛志さん、けっこうなやり手だそうで、変わった形の畳とか凝ったものを作ってインターネットで海外へも販売しているとか。外国の方がそういう日本の文化を好いてくれるのは嬉しいですよね。

表へ出た勘一ですが、その足がぴたりと止まりました。

「ん？」

なんでしょう。どこかを見て、首を捻りました。眉間《みけん》に皺《しわ》を寄せましたが、そのまま常本さんのお宅の扉を開きましたね。

「ごめんよー」

「あぁ、勘一さんおはようございます」

「忙しいかい」

もう作業場の方の準備をしていらした幸司さんと剛志さん。店の中には畳の薫りが満ちていますね。今では家庭でこの畳の薫りを嗅《か》ぐこともほとんどないのでしょうけど、真新しい畳の薫りはいいものですよね。

「張り替えですか？」

「おう、帳場のがそろそろなんでよ。この年末にできるかい」

常本さん、特に予定も確認せずに頷きました。

「三畳ぐらいならすぐだから、いつでもいいですよ」

「そうかい、こっちもいつでもいいから適当に頼まぁ。ところで常ちゃんよ」

「なんです」

勘一が常本さんの腕を引っ張って、入口のところにある小窓まで連れて行きました。

「あの野郎、見覚えあるかい」

そっと外をうかがいます。どなたか居るのでしょうか。

「え？　あぁ、あのスーツの？」

「おう。さっきからこっちの様子を窺《うかが》ってやがって、まだああしているんだがな」

確かにスーツ姿の背の高い男性が、路地と通りを行ったり来たりしてますね。この辺には下町好きの方々がよく来られて、散歩をする姿もよく見受けられるのですが。

「確かに、そぞろ歩きって感じじゃないですね」

常本さんもそっと見て、そう言いました。勘一も首を捻ります。

「不審者ですか。交番に電話しましょうか」

後ろから同じように覗《のぞ》き込んだ息子さんの剛志さんが言いました。

「いやぁ、まだわからねぇな。まぁ気をつけてようぜ。年の瀬になるとせっぱつまる連中も多いからよ」

頷き合って、勘一は素知らぬ振りをして店の方に戻りました。どうでしょうねぇ、昔っからおかしなことをする方々はいましたけれど、最近はそういう話が出回りすぎるような気もします。社会の仕組みがいろいろ変わっていくと、歪《ひず》みも出るのでしょうか。

今日は天気も良く、予報では九月並みの気温になるとか。いったいどうしてしまったのかと不安にもなりますが、カフェの方では横庭の方の扉を開け放して、オープンカフェというんですね。そういう形にできますので気持ちが良いです。おかしなもので壁一枚なのに、店の中で飲むのと外の空気の中で飲むのとでは、味も違うような気がしますよね。

いつもふらっと居なくなる我南人ですが、今日は常連の皆さんに交じってカフェのテーブルで新聞を読んでいますね。

カフェの電話が鳴りまして、カウンターに居た藍子が出ました。

「はい〈東京バンドワゴン〉です。あら、お久しぶりです」

藍子が微笑《ほほえ》みます。どなたでしょうか。

「はい、居ますよ。少々お待ちください。お父さん」

「なぁにぃ」

「コウさんから電話」

おや、〈はる〉さんの板前のコウさんですか。珍しいですね電話なんて。我南人が電話に出て、例の調子であぁだこうだと話して、電話を切りました。むぅ、と唸《うな》った後に、コーヒーを飲むと新聞を畳みました。

「ちょっとぉ、出てくるねぇ」

「はーい」

藍子と亜美さんが返事をします。どこに行くとは訊きませんよ。そもそも出かけてくると声を掛けること自体珍しいですね。そのまま煙草《たばこ》と財布だけを持ってふらふらと店を出て行きます。その年になってそんなに身軽なのは羨《うらや》ましいことです。

我南人と入れ違いに、と言っても反対方向からですけど、真奈美さんが顔を出してくれました。

「おはよう！」

亜美さんの声に、真奈美さん、にこっと微笑んでカウンターに座りました。藍子が心配そうに声を掛けます。

「真奈美ちゃん、もう風邪《かぜ》はいいの？」

そうなのです。何でも板前のコウさんが風邪を引いて店を休み、その後で今度は真奈美さんも引いてしまったとかで、もう四日も〈はる〉さんを休んでいます。近所の男性陣が淋しいと言ってますよ。

「うん、もうちょっと、かな」

「朝ご飯食べる？　コーヒー？」

「コーヒー。アメリカンで」

藍子が頷きましたが、ちょっと心配そうですね。真奈美さんまだ表情が冴《さ》えませんよ。

「かんなちゃんと鈴花ちゃん元気？」

真奈美さんが訊きました。

「元気元気。全然手が掛からなくて助かっちゃう」

「そうなんだー」

むしろ男の子である研人の方が大変でした。小さい頃は、男の子より女の子の方が丈夫で手が掛からないものなんですよ。

「はい、どうぞ」

真奈美さん、お店に居るときとは違って、ジーンズに可愛らしいセーターにジャケット。藍子とは一つしか違いませんけど、ずっと若々しいですね。藍子が年の割りには落ち着きすぎというのもあるんでしょうけど。

「ねぇ、藍子さん」

「なに？」

亜美さんがちょっと家の方に入って行ったときに真奈美さんが口を開きました。

「今日、夜にでも、時間取れるかなぁ」

「いいわよ？　どうしたの？」

「ちょっと、相談」

藍子の眼が少しだけ細くなりました。何事かと思ったのでしょう。わたしも心配ですよ。真奈美さん、本当に元気がないですからね。風邪のせいだけではないのでしょうか。

「ゆっくりできた方が良さそうね」

藍子がそう言うと、力なく微笑んで真奈美さんが頷きます。いつもは活発で威勢のいいぐらいのお嬢さんですから余計に気になります。

とは言え、わたしから見ればお嬢さんでも、真奈美さんももう三十半ばの独身女性。それはもう人生の酸いも甘いも嚙《か》み分けた年頃ですから、いろいろとあるんでしょうか。

そういえば、先程コウさんから電話がありましたよね。〈はる〉さんにコウさんを紹介したのは、詳しくはわかりませんが、池沢さんと我南人のようでした。それでなのか、我南人とコウさんはお店だけではなく親しくしているようですが、考えてみれば今まで電話してきたことなんかありませんでしたよね。そのうえ、こちらでは真奈美さんですか。

偶然なのでしょうけど、どうも気になります。我南人はどこへ行ったのでしょう。ちょっと探してみましょうかね。

冬支度もすっかり終わったここら辺り。あちこちの家できれいに花を咲かせていた鉢植えや小さな花壇も淋しくなっています。

陽射しが溜《た》まっている辺りには、いつもは我が物顔で歩き回る猫たちが集まって暖を取っています。あら、うちの玉三郎じゃありませんか。こんなところに居たんですか。

昔は喧嘩《けんか》っ早くてよく怪我《けが》をして帰ってきたのですが、今ではすっかり落ち着いています。

ぐるりと歩いてみようかと思っていたのですが、探すまでもありませんでした。二丁目の昭爾屋さんの入口横の休憩所に二人並んでいるじゃありませんか。二人しか座れないテーブルなんですが、お菓子を買ってここで食べていく人もいます。

まだ昭爾屋さんは開店前です。大方静かだし誰も来ないしと我南人がわがまま言って上がり込んだのでしょう。

「最近、お忙しそうですね」

コウさんが我南人に言います。

「いやあぁ、そうでもないよぉ。続けて出たからテレビも飽きちゃったしねぇ」

そうでした。ＣＭなどにも出てましたよね。まぁそうやってしっかり稼いでくれた方がありがたいのですけれど。

「またちょっとぉ、のんびりするよぉ。僕はミュージシャンだからねぇ。音楽やりたいしぃ」

「そうですか」

一年ほど前から〈はる〉さんで働き出したコウさん。以前は京都の料亭に長い間いらしたそうで、腕は本当に確かです。もうすっかり東京の水にも馴染んだでしょう。そういえば先日コウさんはお誕生日だったとか。わたしはコウさんの正確なお年を知りません。五十絡みと聞いてはいますが、お幾つになられたんでしょうね。

「コウちゃんさぁ」

「はい」

「なんかぁ、心配事でもあるのぉ？」

「と、おっしゃると」

「風邪で休む前からねぇ、真奈美ちゃんがねぇ、ここのところコウさんどうも元気がないって心配していたねぇ」

真奈美さんからの情報ですか。コウさん、少し頭を下に向け苦笑しました。

「そんなことを」

「言ってたねぇ」

「この年になって、娘のような真奈美さんに心配されるようでは、まだまだですね」

「僕はぁこの世でいちばん好きなのもコワいのも女だねぇ。年は関係ないよぉ」

何を言ってるんでしょうかこの男は。コウさん、少しだけ息を吐きました。

「実は、ご相談したいことと言うのは、真奈美さんと〈はる〉のことなのです」

「僕にぃ？」

はい、とコウさん、真面目《まじめ》な顔で頷きます。

「本来なら、ご紹介いただいたあの方に相談すべきなのでしょうけど、立場もあるでしょうし。私みたいなのが周りをうろついてマスコミにでも知られたら、ご迷惑を掛けますし」

あの方というのは、きっと池沢百合枝さんですね。確かに、池沢さんにはおいそれと声は掛けられません。そんなことをするのは我南人ぐらいでしょうね。

「いいよぉ、僕でいいならぁ」

コウさん、唇を一度噛みしめました。深刻そうなお話ですね。

「実は、〈はる〉を辞めようと思っています」

まぁ。我南人もちょっと驚いたようです。眼を少しだけ細くしましたよ。じっとコウさんを見て、口を開きました。

「どこかに移るのぉ？　京都に帰るとかぁ？」

「いえ、京都には戻れませんし、どこかに移るということでは」

「じゃあぁ、どうするのぉ？〈はる〉が嫌になったぁ？」

コウさん、思わず顔を上げて慌ててとんでもない、と顔の前で手を振りました。

「〈はる〉はいい店です。お客さんも皆さんいい人ばかりですし、料理も好きにやらせてもらってます。私なんかにはもったいない店だと思ってます」

うーん、と我南人が唸りました。また眼を細めてコウさんを見てますね。

「店が嫌になったんじゃないとしたらぁ、なんで辞めちゃうのぉ？」

コウさん、唇を真一文字に結びました。

「実は」

少しばかり身を乗り出し、声を潜めました。

「真奈美さんに、求婚されました」

わたしは驚いて思わず後ずさりしてしまいましたが、我南人は平然としていますね。

それどころか、思いっきりにやりと笑いましたよ。

「いやぁ、羨ましいねぇぇコウちゃんぅ！　すっごい年下だねぇ、若いねぇ、可愛いよねぇ、いいよねぇ」

なんですかその喜びようは。そりゃあ女房と畳は新しい方がいいと言いますが。真奈美さんとコウさんは、ええと、おそらくは十七、八は違いますね。あぁまぁでもそれぐらいは別に驚かなくてもいいのですか。我南人はにっこにこして、コウさんの肩をばし叩《たた》いてます。

それにしても、真奈美さんがコウさんにですか。これはまったく思いもしませんでした。

でも求婚されたから辞めるというのは。我南人もようやくそれに気づいたようです。

「えぇ？　でもそれで辞めるってぇ、どうしてぇ？」

コウさん、真面目な表情を崩さずに言います。

「私は、真奈美さんのお気持ちに、応《こた》えられるような男ではないのです。ですから、お断りするつもりです。お断りしておいてそのまま勤めさせていただくわけには参りませんから」

気持ちに応えられるような男ではないというのは、どういうことでしょうね。我南人は、むーん、と唸りながら腕を組みました。お店の奥でばたばたと音がしています。そろそろ開店なのでしょう。

「コウちゃん、ちょっと行こうぉ。話もできなくなりそうだからぁ」

有無も言わさず腕を引っ張って立たせました。昭爾屋さんの奥の方にどうもねぇえ、と声を掛け、そのまま二人でタクシーに乗って行ってしまいました。気になりますけど、タクシーには追いつけません。

しかし、とすると、真奈美さんが藍子に相談というのもこの件なんでしょうか。

二

ちょうど正午の鐘が鳴りました。

我が家の居間の壁に掛かる掛け時計は、購入してかれこれ四十年は経ちますか。もちろん手巻きの振子時計ですから、ああしてボーンボーンと鳴る間隔が空いてきますと、誰かが踏み台の上に乗ってネジを巻きます。

最近、ようやく研人が踏み台に乗って、ねじを持つ手がゼンマイの穴に届くようになりました。本人もできるようになったのが嬉しいのか、しょっちゅう気にして巻いていますよ。そのうちに飽きるとは思うのですがね。

「ごめんください」

からんころんと土鈴《どれい》の音がして、お店の扉を開けて入ってきたのは茅野《かやの》さんです。顔を上げた勘一が顔を綻《ほころ》ばせました。

「おお、茅野さんかい」

「お邪魔しますよ」

去年でしたか、長年勤め上げた警察官を退職しまして、今は悠々自適の生活を送る茅野さん。今日の出で立《い》ちは美味《たお》しそうなクリーム色のスラックスに、白いシャツに赤茶色の棒ネクタイ、上着は別珍《べっちん》をあしらった濃紺のジャケット。相変わらずお洒落《しゃれ》ですね。とても元敏腕刑事とは思えません。

長年ここに通ってくれていますが、やはり現役の頃は長居はできませんでした。今はもう一日中でも居られるので嬉しいと言ってました。古本屋をやっておきながらなんですけど、そんなに古本が好きなんてもの好きですよねぇ。

「茅野さん、昼飯は食ったのかい」

「いや、まだですよ。ちょっと覗いてからと思ってました」

勘一がそうかい、と頷きます。

「なら家で食ってきなよ。大したものはねぇけどな」

いや、すいませんと茅野さん恐縮してますけど、そんな必要ないですよ。勘一はあれですよ。誰かに曾孫自慢をしたくてしょうがないんですよね。

「奥さんの様子はどうだい」

勘一が訊きました。腰痛がひどいとか以前に言ってらっしゃいましたね。

「いやそれが」

茅野さんが苦笑しました。

「最近、社交ダンスを始めましてね」

「ほぅ」

「そうしたら夢中になっちまいましてね。もう亭主なんか放ったらかしで、腰の痛みもどっかにいってしまったようです」

からからと勘一が笑います。

「まぁそりゃあ結構なこった。女房ダンスで亭主は古本で、お互い好き勝手やってる方が夫婦仲も長持ちするってもんさ」

そうでしょうか。男の人の考えはどうも自分勝手でいけません。

「ところでご主人」

「おう」

茅野さんの目付きが少し変わりましたね。勘一も気づいたようです。

「どうしたい。なんかあったかい」

「いえね、来るときに気づいたんですが、どうも店の周囲にあまり景色のよろしくないのが居るようでね」

「やっぱりかい」

「お気づきでしたか」

朝からどうもうろうろしてるのが一人居る、と勘一が言うと、茅野さん眉《まゆ》をぴくりと上げました。

「ご主人、それじゃあ増えてるようですね」

「増えてるだぁ？」

ええ、と茅野さん頷きます。

「私の見立てじゃあ、三人ばかし居ますね」

まぁ。元刑事の茅野さんの見立てなら確かでしょうね。いったいどなたでしょうか。

今日のお昼ご飯はうどんですか。藍子と亜美さんとすずみさんの女性陣が店番をして、先に男性陣が食べていますね。もちろんマードックさんもいますよ。

ところで、と茅野さんがマードックさんに言いました。

「もうこちらに住んでいるんですか？」

「あ、いや、まだです」

藍子と結婚したマードックさん。本当なら一緒に住めればいいんですけどね。〈堀田家大改装計画〉というのを紺が立ち上げまして、今はその計画の真っ最中なんですよね。暖かくなった来年の春から始めようとしているのですけれど。

「ぼくは、atelier もひつようなので、どうしようかと」

そうなんですよ。日本の下町の古い家が好きでずっとそういうところを選んで住んできたマードックさん。実は今までアトリエ兼住居にして住んでいた古い家もついに大家さんが取り壊しを決められて、出て行かなくてはならないんです。

「身体《からだ》ひとつで転がり込んで来る分にはよぉ、多少手狭でも問題ねぇんだけどな」

勘一が言いました。

「そうか。マードックさんは作品を置く場所も必要ですね」

「そうなんです」

マードックさん、済まなそうに身体を小さくしてますよ。そんなに恐縮することはないんですけど。

「おおきい、さくひんもおおいので」

「あと、淑子さんの部屋も用意したいし、かずみさんも自由に出入りできるようにしたいし、花陽と研人も別々の部屋を用意したいし」

紺は自分の書斎も欲しいですよね。とはいえ、老人が多く、赤ちゃんが二人もいます。

紺と青は頭をフル回転させて悩んでいるようです。

それはさておき、と紺が続けます。

「家を見張っている、景色がよろしくない連中って」

うどんを啜《すす》りながら茅野さんに訊きました。

「ヤクザとかですか？」

青です。

「いやぁ、そういう匂《にお》いじゃないですね。ただ、堅気っぽくもない。なんて言いますかねぇ」

「あやしい、しごとを、してそうなかんじですか」

マードックさんが言うと、茅野さんも頷きます。

「そうですね。修羅場をくぐった経験が多そうな連中、という感じですか」

うどんを啜ってから勘一が唸ります。

我が家は堅実な商売しかしていません。そういう方々に見張られるような覚えはありませんが。紺が、急に「あ！」と声を上げました。上げたのはいいんですが、すぐに表情を変えました。

「なんだかなぁ」

「なんでぇ」

「いや、別に」

あら。隠しましたね。なんでしょうか。

「はっきり言えよ。何か思いついたのかよ」

「あ、いや、また親父《おやじ》かなって」

我南人ですか？

「あいつが何だよ。そんな景色の悪いのに見張られるような、あ」

勘一も何かに気づいたようです。青とマードックさんと茅野さんが顔を顰《しか》めました。

「なんだよ二人して」

「なにか、ありましたか？」

勘一もなんだか口をへの字にしてごまかしてますね。さて、これは、と思ったときに、勘一の横で泣き声があがりました。二人同時にです。

「おおっ、腹でも空《す》いたか？　おい亜美ちゃん、すずみちゃん！」

はーい、と声がして、二人がやってきます。

「青、食い終わってんなら、店の方頼むぜ」

「あいよ」

カフェの方は藍子一人で大丈夫なようです。かんなちゃんと鈴花ちゃんはやっぱりお腹《なか》が空いているようで、お母さん二人が隣の仏間に連れていって、襖を閉めました。

紺が古本屋の方に行った青の様子を窺ってから、勘一に親指を向けました。

「じいちゃんグッジョブ」

「やっぱりおめぇもそう思ったのか」

マードックさんと茅野さんの頭の上に、はてなマークが踊ってますね。わたしもそうですよ。

「その表に見張ってるのってさ、マスコミ関係じゃないの？　たとえばスキャンダル専門のような怪しいところの」

「Scandal？」

「あ！」

茅野さんがポン、と手を打って、小声で囁《ささや》きました。

「我南人さんと、青ちゃんのですか」

あぁ、そういうことですか。青が、我南人と池沢さんの間にできた子供だということは茅野さんには以前にお話ししましたね。

「じゃあ、その噂《うわさ》みたいなものが、どっかにながれたということですか？」

「かもしれねぇって、な」

茅野さんが頷きます。

「それなら、表の連中の妙な気配も納得ですね」

「でも、どこから？」

皆がうーんと腕を組みました。むろん、誰かにぺらぺら喋《しゃべ》ってはいません。けれども、我南人と池沢さんと青が並ぶと、勘の鋭い方は青が池沢さんによく似ていると気づくと思うのですよ。むろん我南人にもです。

「最近、我南人の野郎は妙にもてはやされてるからな」

「池沢さんもそうだよ。昭和のブームで露出が増えているし、いろいろ特集も組まれているし」

「それに、こないだも、いけざわさん、こられてますね。アオちゃんとすずみさんの、けっこんしきのときも、じつは、ぼく、ひやひやしてました。マスコミに、かぎつけられないかと」

ああいう方たちの勘とか調査能力は馬鹿にできないと聞きますよ。現に、大昔ですが、我南人が人気絶頂の頃にもいろいろありましたものね。そりゃあ我が家もマスコミの方に追いかけられてすったもんだしたものです。

「がなとさんに、ちゅういしたほうが、いいですね」

「池沢さんにもね」

「まだわかんないけど、はっきりするまで青も表にあまり出さない方がいいかなぁ」

皆が、うむ、と頷きました。

＊

午後の三時を回って、のんびりした空気が流れる頃、紺と青が蔵の大掃除の準備を始めました。ずっと店にいらした茅野さんが、ぜひ手伝わせてほしいと眼を輝かせて言うものですから、勘一が苦笑しながら許可を出していましたよ。せっかくのお洒落な服装が汚れても大変なので、わたしの割烹着《かっぽうぎ》を押入れから引っ張り出して着ているようです。なかなかお似合いですね。

お店の方は、いつものように勘一が帳場に座っています。すずみさんがカフェに立って、藍子と亜美さんは洗濯物やら家の方の片づけですか。赤ちゃんがいると何かと仕事が増えますから。

マードックさんは居間でスケッチブックを広げて、かんなちゃんと鈴花ちゃんの様子を見ながら絵を描いているようですよ。

子供好きのマードックさん。あれですねぇ、本人たちがどう思ってるかはわかりませんが、二人ともまだ若いんですから花陽の弟か妹を考えてもいいと思うんですけどね。

古本屋の方の扉が開きました。あら、宅配便の方ですね。

「失礼しまーす」

「ほいよ」

「〈東京バンドワゴン〉、堀田さんですね？」

「そうだよ、荷物かい」

表の台車には、結構な量の段ボール箱が。しかも航空便ですね。これですか、アメリカから届く荷物というのは。

「こちらでいいですか？」

「おう。男手はあるから、そこらに積んどくれ」

宅配便のお兄さんがリズム良く運んで、積み上げた段ボールは十箱もありました。家の前の道路には大きな車が入ってこられませんので、運んでくるのは大変ですよね。ご苦労様です。

「ほい、お疲れさん」

さてさて、いったい誰から何が、と勘一が伝票に書かれた差出人の名を見ました。

「〈Kent J. Takasaki〉？」

あら。勘一がポン、と文机《ふづくえ》を叩きました。

「ケント・タカサキ！　ジョーの孫か！」

まぁ、懐かしい名前です。終戦当時に我が家で暮らし、その後アメリカへ渡っていったジョーさん。混血の方で、髙崎ジョーというお名前でした。

紺と青を呼んで、その場で段ボール箱を開けてみました。もちろん茅野さんもすずみさんもやってきて興味津々です。

「へぇ」

紺が嬉しそうに声を上げました。案の定、中身は全部洋書ですね。しかもどうやら古本ばかりです。

「どっかの箱に手紙でも入ってねぇか」

「あ、あったよ」

青の開けた箱の中に封筒が入っていました。表にはしっかりと〈To Mr. Kanichi Hotta〉と書いてありますね。

「どら」

勘一が封を切りました。手書きのお手紙のようですね。すずみさんが後ろから覗き込んでいます。

「読み難《にく》い字だなこいつは。なになに〈First letter. I am Kent. I am the person who corresponds to the grandchild of Joe Takasaki.〉とね」

「えっ！」

流暢《りゅうちょう》な英語で読み上げる勘一に、すずみさんが驚いて声を上げました。茅野さんも眼を丸くしていますよ。

「なんでぇ」

「旦那《だんな》さん、英語できるんですか？」

勘一がからからと笑いました。そうですね。普段の生活では使う機会などありませんから。

「多少な」

「ケンブリッジ仕込みらしいよ、本当かどうかは知らないけど」

青が苦笑いしながら言いました。あら、本当なんですよ。孫たちは皆信じていませんけどね。

「まぁ昔の話だ。で、なになに」

続けて勘一が読んでいきます。皆に訳して聞かせたところによると、どうやらジョーさんがお亡くなりになって十年。生家を建て直すために掃除をしたところ、大量の古本と一緒に、これを日本での恩人〈背負いの勘一〉こと堀田勘一に送れという手紙が出てきたそうです。封筒にはその手紙のコピーも入っていて、確かにそう書かれています。

「〈遺言に含めるのを失念していたようです。大変失礼いたしました。故人の遺志と思いお納めくだされば幸いです。いつか、祖父の暮らしたそちらへ遊びに行きたいと思っています。その節はどうかよろしくお願いします〉か」

なるほどねぇ、と勘一は笑顔を見せました。昔を思い出しているのでしょうね。

「〈背負いの勘一〉って？　じいちゃんが柔道やってた頃のあだ名？」

「まぁそうだ。何十年ぶりに聞いたけどな」

「旦那さん、柔道やってたんですか？」

「おうよ。これでも四段まで取ったぜ」

それももう何十年も前のことですからね。

「ケントさんって、うちの研人と同じ名前？」

青が訊きました。

「あぁ、そりゃたまたま偶然だな。しかしまぁ随分たくさんあるな」

一冊を手に取って、勘一が嬉しそうにしています。

「あの野郎、少しずつ集めていたんだなきっと」

あの頃ジョーさんは勘一の良き喧嘩相手でしたよね。二人とも若く、ああいう時代でしたから、荒っぽいこともいろいろありました。

「助かるけど、値段決めるのが大変だ」

「なに、ゆっくりやるさ。とりあえず蔵に置いといて、年明けてからのんびりやるか」

「そうだね」

傷みや汚れ、それに他の本にも影響してしまうカビなどはないか、一冊ずつざっと確認しようとしていたところ、突然、店の扉が大きな音を立てて開き、どすどすと男の方が何人も入ってきました。

「なんだぁ？」

何も言わずに積まれた段ボールのところに立つと、中身を見て、ぐるりと取り囲みました。まぁ大柄な方が四人も。中には外国人の方もいらっしゃいますね。なんでしょうかいったい。

「失礼。堀田さん」

その中のお一人、スーツ姿に薄い色が入った眼鏡《めがね》を掛けた男性が言います。もちろん見覚えはありません。年の頃なら三十過ぎでしょうか。

「客なら失礼も許してやるがなぁ。随分と乱暴な登場の仕方なんじゃねぇのかい」

勘一がじろりと睨《にら》みます。

「客ですよ。しかも上客です」

「そいつぁ嬉しいねぇ」

勘一がにやりと笑って、ゆっくりと立ち上がり帳場から降りました。あぁ、この顔は楽しんでいますね。

年を取ってからはすっかり落ち着きましたが、若い頃はこの界隈《かいわい》でいちばんの暴れん坊でした。喧嘩っ早いのだけが取り柄のような人でしたから、こういう状況は嬉しくてしょうがないのですよね。我南人が二十代の頃なんか、二人でしょっちゅう取っ組み合いをして、家の襖や障子を破っていたんです。

でも、もう今は暴れるのは無理ですよ。

「言っとくがなぁ、うちはわがままな店で名が通ってんだ。どんな上客だろうが俺《おれ》が気に入らなけりゃあ、売りもんなんかねぇんだよ」

勘一が、ずいっと男の方に近づきました。

「特にうさんくさい連中にはな。おめぇ、朝からこの辺をうろついてた野郎だな？」

勘一に睨まれた男の方、少しも怯《ひる》まずに胸ポケットから封筒を出しました。

「これでもですか？」

段ボールの上にぽん、とその封筒を置きました。中からはみだしているのは、お札ですね。かなりのものですよ。

「二百万あります」

「に」

すずみさんが思わず声を上げそうになって、慌てて口を押さえました。

「この段ボールの中身、全部買い取らせていただきます。一箱二十万で、十箱。悪くない金額だと思いますが、いかがです？」

得意そうににやりとその方笑いますが、いけません。どこのどなたかは存じませんが、勘一にそれはまずいですね。紺と青も、やっちまったこの人、と、そんな顔をしていますよ。

「馬鹿野郎ぉ!!」

あぁ、やっぱりです。

「金じゃねぇんだこの野郎！　どんな事情かはわからねぇけどなぁ、本ってのはな、収まるところにきちんと収まるものなんでぇ！　金にあかせて買いあさるような了見の野郎にはな、たとえページ一枚だって売らねぇんだよこのこんこんちき！　わかったらぶん殴られる前にとっとと失《う》せやがれっ！」

怒鳴られた男の方の腕が振り上がりました。頭に来たのでしょう。勘一の胸ぐらでも摑《つか》もうとしたんでしょうか。でも、一瞬早く、いつの間に近づいていたのか、茅野さんがその腕を摑みました。

「うおっ！」

紺も青も呆気《あっけ》にとられるほどの流れるような動きで、茅野さんがその男を半回転させると床に押さえつけました。腕を逆に取り、膝《ひざ》で身体を押さえつけ、まるでテレビで見る刑事さんの逮捕の瞬間のようです。

「いけないですね暴力は」

「おう、さすがだねぇ茅野さん」

勘一だけは驚かずに笑っていました。茅野さんが近づいていったのがわかっていたのでしょうね。組み敷かれた男の方が情けない声で呻《うめ》いていますよ。

「どうします？　神奈川《かながわ》でも呼びますか？」

神奈川さんとは、この間いらした茅野さんの後輩の刑事さんですね。亜美さんとすずみさんのお産のときにはパトカーを出していただいてお世話になりました。勘一は、呆《ぼう》然《ぜん》としている外国人の方に向かって言いました。

「察するにおめぇがボスか？　どうする。警察呼んでもいいのかよ」

「それ、こまります。すいません。わたし、こんなことするの、なかったです」

外国人の方が慌てたように、なかなか流暢な日本語で答えます。そうだと思いますよ。この方は、全然威圧感のない方ですよね。さっきからなにかおろおろしてましたよ。

＊

「極秘文書だぁ？」

勘一が呆《あき》れたような声を上げました。

「百万ドル？」

紺です。居間に集まった全員が、口をぱっくり開けて、呆れ返ったような顔をしています。

「もう一度確認するぜ、ハリーさんよぉ」

「はい」

ハリーさん。ハリー・リードさんは、アメリカはニューヨークからわざわざいらしたそうです。日本語は大丈夫ということですよ。マードックさんよりはたどたどしいですけどね。

それで、ご職業はブックエージェントだとか。向こうと日本の出版事情はだいぶ違っています。アメリカさんでは、このハリーさんのようにエージェントという方が間に立って本が作られるのですよね。凄腕《すごうで》のエージェントの方はベストセラーを連発させて、年に何十万ドルと稼ぐらしいですよ。

「まず、ジョーの野郎はアメリカでもいろいろと裏事情に通じていたと」

「はい」

貿易商でしたが、日本でも当時の政界の裏で働いていましたものね。占領軍の方とも繋《つな》がりがありました。

「で、元海軍少将で、CIA長官にもなったロスコーさんとかいう人の書いた日記を手に入れていたと」

「そうです」

ハリーさん、出されたコーヒーをとても美味しいと飲んでいます。良かったですね。

「で、その日記には、アメリカの裏の歴史のいろんなものが詰まっていて、今発表すると大ベストセラー間違いなしだと。概算でも売り上げ百万ドルはかたいってか」

「そういう、こと。ずっと、さがして。でも、みつからなくて」

「それが、今回ジョーの孫が送ってきたこの中にあるってぇのか」

「まちがい、ない。ロスコー・H・ヒレンケッターと、したしかった、ジョー・タカサキしが、それ、もってます。それ、ほんにんも、みとめてました」

ところが、誰が何と言おうと、政治的な圧力が掛かろうとジョーさんはその在り処《か》を言わなかったそうですね。そうしてどんどん時が流れて、その日記の存在を知る人も少なくなっていったそうです。

「ジョー・タカサキし、しんだとき、むすめさん、しらべました。はっけんできなかった。きっと、こんかい、みつかったふるいほんに、ぎそうして、かくしていたんです」

紺が頷きました。

「生家を建て直すために掃除をしたときにこの本が出てきたって、ケントさんの手紙にはあったよね」

勘一が、うむ、と頷きます。

「話の辻褄《つじつま》は合うってこったな。それにジョーならそういうことをやりかねねぇなぁ」

ハリーさん、すっかり恐縮して、頭を下げましたよ。

「ちょうさに、やとった、にほんのだいりにん、らんぼう。しりませんでした。ごめんなさい。おねがいします。そのにっきを、ゆずってください」

真剣な顔つきですね。勘一は仏頂面で首筋をぼりぼり掻《か》いていますよ。

「まぁ、別に俺のところはそんな物騒なものはこれ以上いらねぇしなぁ。取っておいてまたぞろおめぇらみたいな連中に押し掛けられるのも迷惑ってぇもんだ」

すずみさんがその前に、と言いました。

「本当にその日記があるかどうか、確かめるのが先決じゃないですか？」

「おう」

勘一がポン、と膝を叩きました。

「その通りだな。おい、亜美ちゃんとマードックよ」

「はい」

「それらしいものを探してみるから手伝え」

マードックさんはもちろんですが、元国際線スチュワーデスの亜美さんも英語が堪能《たんのう》ですからね。もちろん紺も旅行添乗員の青も中身を把握するぐらいなら大丈夫です。

さぁひと仕事です。カフェの方には藍子とすずみさんが立って普通に営業してますが、古本屋の方は閉めて、残った皆で段ボールを開き、一冊ずつ中身を確かめ、怪しそうなものとまったく違うものを分けていきます。もちろん、ハリーさんも必死になって探していますよ。

「ジョーのこった。偽装したってんなら、相当出来はいいはずだぜ。あいつは器用だったからな」

勘一が言います。そうでしたね。

三

「へぇえ、ジョーちゃんがねぇ」

晩ご飯の時間にはしっかり帰ってきた我南人が、嬉しそうに笑いました。今夜は鍋《なべ》だというのをわかっていたようです。かずみちゃんもご飯を食べにやって来ました。

今日の鍋は冬になると頻繁に我が家の食卓に上る水炊きです。それを、それぞれが好きなたれを小鉢に入れて食べるのですよね。

「懐かしいねぇ」

我南人はポン酢に大根おろしにあさつきをたっぷりと入れてます。

「もう一度皆で会いたかったわねー」

かずみちゃんも懐かしそうです。

「お父さんは、覚えてるの？」

藍子が白菜にたくさんのネギを挟み込んで、キムチの素を入れたタレに浸《つ》けて食べてます。

「もちろんだねぇ。ジョーちゃんがアメリカに行ったのはぁ戦後すぐで、僕が四歳か五歳ぐらいのときだったかなぁ」

「それから一度も会わなかったんですか？」

亜美さんです。ごまだれにもみじおろしを混ぜてますね。これはなかなか珍妙な味と思うのですが美味しいのでしょうか。

「いやぁ、大きくなってからねぇ、アメリカに遊びに行ったときに世話になったんだよぉ。まだ二十代、三十代の頃だけどねぇ」

我南人が人気者でひっぱりだこの頃でしたよね。やれアメリカだイギリスだと好き放題にどこかへ行ってました。

「そういやぁ、そんな話していたねぇ。アメリカのお偉いさんの日記ぃ持ってるってぇ」

「そうなの？」

まぁ初耳ですよ。

「そのうちにぃ、親父に送ろうかなぁって笑ってたねぇ。今思い出したよぉそんなの」

「馬鹿野郎。三十年近くも前に聞いた話を今ごろ思い出すない」

「それでぇ？　あったのぉその秘密の日記」

「それが」

紺です。紺はポン酢にかぼすを搾ってあっさりとしたものですね。豚肉が柔らかくて美味しそうです。

「なかったんだ。どこにも」

ハリーさん、がっかりして帰っていきましたよね。念のためにもう二、三日滞在して、本の中身を確かめたいというので、明日も来られるはずですけど。

「でも、なかったですよね」

たまり醬油《じょうゆ》ににんにくが入ったものを混ぜたポン酢が最近の好みのすずみさん。水菜と白滝を一緒に食べながら言いました。勘一がうむ、と頷きます。勘一のポン酢には胡《こ》椒《しょう》がたっぷりと入っていますよ。大好物のちくわを食べてますね。

「段ボールに入っていたのは六割方が小説でな、あとは雑誌とか美術書とか写真集だったな。ハードカバーとペーパーバックがまぁ半々ぐらいだったか」

「何か値打ちものはあったの？」

　かずみちゃんが訊きました。

「高値がつきそうなものは、ヘミングウェイの初版本とかだったね」

「それと、『エスクァイア』の古いものとか」

「まぁそこそこだ。欲しい人間には嬉しいものばっかりよ」

「でも、かんじんな、ものは、なかったですね」

　マードックさんはポン酢に七味をいれています。茸《きのこ》が好きなんですよね。

「まぁ、あのブックエージェントとやらの情報が間違っていたんだろうよ。わざわざ日本まで来てご苦労なこったがな」

「でも、もし本当だとしたらぁ、よっぽどジョーちゃんがうまく隠したってことだねぇ」

　うむ、と勘一が唸ります。かずみちゃんが続けました。

「ジョーちゃんのことだから、案外勘一にだけわかるような仕掛けをしたとか」

「俺にだけ？」

「そうよ。外国人の人が見てもわからないような」

「んなこと言ったってよ。本に仕掛けをするったって限度があるだろうよ」

「せめて、どの本に仕掛けをしたかがわかればね。その本を徹底的に、それこそ炙《あぶ》ったり透かしてみたりすれば、何かが浮かび上がってくるとかさ」

紺がお箸《はし》を振りながら言います。お行儀が悪いですよ。

「そんななぁ、推理小説じゃねぇんだからよぉ」

とか言いながら、俺にだけわかるものかぁ、と呟いて考えています。

「さーてなぁ。あいつとの共通点とかかぁ」

「若い頃の趣味とか、思い出とか」

「またジョーさんの名前のアナグラムとか」

すずみさんのヒントに勘一が苦笑いします。

「名前のアナグラムはもういいってなぁ」

そう言った勘一の箸がぴたりと止まりました。

「まてよ」

「なんですか？」

マードックさんが訊きました。

「あの野郎、わざわざ手紙で俺の昔の通り名を書いてやがったな」

「〈せおいのかんいち〉ですか？」

「そんなのは祐円だってきっと忘れてるぜ」

「じゃあ、それをわざわざ使ってきたってことは」

紺が言いました。勘一が頷きます。

「かずみ、覚えてるか？　あの頃のジョーの通り名をよ」

「もちろん。〈稲妻のジョー〉でしょう？」

思わず青が噴き出します。

「時代を感じるねー。〈稲妻のジョー〉か」

苦笑いしながら勘一が言いました。

「まぁ確かに時代だけどよ。伊達《だて》や酔狂でついたんじゃねぇ。あいつはボクシングの達人でな。右ストレートはそれこそ電光石火の速さだったんでぇ」

「それで、〈稲妻のジョー〉か」

「おい、リスト作ったよな。なんか〈稲妻〉に関係する本はねぇかよ」

紺が頷きましたが、とりあえずはご飯を済ませるのが先決ですね。

＊

九時を回って、かんなちゃんと鈴花ちゃんはそれぞれのお部屋でお母さんと一緒に眠っています。花陽は二階の自分の部屋でお勉強でしょうか。研人はもう布団に入ったようですね。

中学生になり、花陽が少しばかり遅くまで起きているようになりましたから、研人が眩《まぶ》しくないようにベッドのところにはカーテンをつけました。でも、やはり何かと不便が出てきますよね。近いうちには別々の部屋になるのでしょうか。

居間には段ボール箱が持ち込まれて、勘一と紺と青とマードックさんの男性陣が陣取っています。我南人は用事があるからとでかけていきました。どこへ行ったのかはさっぱりです。

二百冊ほどもあった本のタイトルは、さっき紺がすべてパソコンに打ち込んでおきましたよね。そのリストを眺めつつ、本を確認しながら〈稲妻〉に関するものを探しましたが、見つかりません。

「そりゃあ、全文あたったら、どこかに〈ライトニング〉とか〈サンダー〉なんて単語は出てくるだろうけどさぁ」

青ですね。紺が頷きました。

「そんなんじゃないよね。とりあえずタイトルにそんな単語がついた本はないし」

「うーん」

勘一が唸ります。

「稲妻の絵や写真がメインのものもねぇしなぁ」

やっぱり違ったのでしょうかね。マードックさんがじっと本を眺めています。

「あの、ほったさん」

「ジョーさんは、mix だったのですよね？」

「なんでぇ」

「おう。アメリカ人とのな」

じゃあ、とマードックさんが一冊の本を持ちました。

「たとえば、このほん、O. Henry の『The Gift of the Magi』ですけど」

「おう、日本じゃ『賢者の贈り物』だな」

「それです」

勘一が思わず辺りを見回しました。

「どれよ」

「いえ、げんだいと、ほうだいです。えいごの title では、thunder とかついていなくても、にほんごの title で、いやくで、いなずま、がついているとかじゃないですか？」

パン！　と勘一がマードックさんの背中を叩きます。マードックさん、本気で痛がってますよ。

「それだ！　おい紺！　そういう本はねぇのか！」

「えーと、待ってよ。青、お前のノートも持ってきて、そっちでも検索かけてくれないか。邦題がわからないのもたくさんある」

「あいよ」

二人で一生懸命パソコンを操り始めました。勘一とマードックさんは本を一冊ずつ手に取って調べてますね。

「ないなー。そもそも『稲妻』とか『雷』なんて言葉がついたタイトルの本がないよ」

「『ふゆのいなずま』、という、うたがありましたね」

「古いねー。〈ヨーローリングサンダー〉ってね」

「あ！」

紺です。

「あったか！」

「これじゃないの？『A-10奪還チーム出動せよ』スティーブン・L・トンプスン！

原題は『Recovery』」

「あー、もう冒険小説の名作中の名作だね。そんな原題だったっけ」

「稲妻も雷もねぇじゃねぇか」

紺がニヤッと笑いました。

「A-10っていうのは、別名〈サンダーボルト〉っていう名の戦闘機なんだよ。むしろその名前の方が通ってる」

「ほう。ってことは案外当たりかもしれねぇな。やつぁそういうの好きだったから」

「奪還チーム、なんて、いかにもじゃない」

青がなんだか嬉しそうですね。そういえば冒険小説が大好きですよね。マードックさんが段ボールをがさごそと探して、見つけました。

「ありました！『Recovery』Steven L. Thompson です」

「どら」

勘一が本を広げます。ハードカバーなのですね。状態はそれほど悪くありませんが、いい感じで色褪《いろあ》せていかにも古本といった風情《ふぜい》です。眉間に皺を寄せて勘一がページを開いていきます。あちこちひっくり返したりしていきました。本の背をじっくり観察したりしてますね。

「見たところは普通の本だなぁ。中身も小説だ」

「どこにも仕掛けはない？」

「なさそうだ」

あー、と皆で溜息《ためいき》をもらしました。駄目でしたか。

「やっぱりあの外国人の当てが外れたってことじゃねぇか？」

本を閉じて、座卓の上に置きました。紺がそれを手にします。

「じゃあ、今晩もう少し詳しく見てみるよ。一ページずつ丁寧にね」

「おう、そうしてくれ」

やれやれと勘一が立ち上がります。マードックさんもじゃあ、そろそろ帰りますと言いました。なんだか大騒ぎの一日でしたね。それでも久しぶりに昔のことを思いだして、楽しかったですよ。

＊

紺が帳場に陣取って、煙草をふかしながら本を見ています。

藍子が二階から降りてきました。

「紺ちゃん」

「ん？」

「私、ちょっと〈はる〉さん行ってくるから」

「〈はる〉？　休みじゃないの？」

「真奈美ちゃんがね、ちょっと相談があるんだって」

紺が、おや、という顔をします。

「それは、店を休んでいるのと関係があるの？」

藍子はどうなんだろう、と首を傾《かし》げました。

「聞いてみて、どうにもならないようなら皆に相談するから」

紺は頷きながら少し笑います。

「わかった。何だったら真奈美さんにつきあって痛飲してあげなよ。明日の朝のことは亜美に任せて」

「そうね。そうなるようなら亜美ちゃんにメールしておく」

笑いながら玄関から出ていきました。まぁたまにはそういうのもいいかもしれません。

紺が調べている本も気になりますが、コウさんに求婚したという真奈美さんも気になりますね。ちょっとわたしも藍子にお供しましょうか。

いつも思うのですが、こういう身体になってからはこうやってすぐに行き来できるものですから、すっかり噂《うわさ》好きであちこちに顔を出すばあさんになってしまったような気もします。でも、まぁ勘弁してもらいましょうか。孫たちのことが大好きなおばあさんということで。

〈はる〉さんには、カウンターの上だけの灯を点《つ》けて、真奈美さんが一人で居ました。藍子がドアを開けて入っていくと、微笑んでこちらを見ました。

「ごめんね、遅くなって」

「ううん、こっちこそ、ごめんなさい」

何か飲む？　と真奈美さんが訊いて、じゃあ冷酒を少し、と藍子が答えました。藍子はこれでけっこうお酒が強いのですよね。でも、ビールは苦手なようでいつも日本酒を飲んでいます。

真奈美さんが出したのは、お漬物とこれはおでんですね。味の染み込んだ美味しそうなものを小鉢に盛って置いてあります。真奈美さんは普段はここの二階に一人で住んでいます。お母さんの春美さんは、すぐ裏のアパートの一階に住んでますよ。

「で、どうしたの。コウさんにフラれでもした？」

藍子が冗談めかして言いました。真奈美さんがびっくりしています。

「どうしてわかったの!?」

今度は藍子がびっくりしました。

「嘘《うそ》っ。冗談で言ったのに。ええっ!?」

二人で驚き合って、まぁ落ち着こうと冷酒を一口飲みました。藍子はおでこに手を当てて、肘《ひじ》をカウンターにつきました。

「えー、びっくり。ぜんっぜん気づかなかった」

「まぁ、気づかれないようにしてたし」

そうですね。大したものです。たぶん誰もわかりませんでしたよ。

「いつから？」

「初めて会ったときから」

まぁ、一目惚《ひとめぼ》れというものでしょうか。

「でも、私が言うのもおかしいけど、お父さんみたいな年齢よねコウさん」

「確かに藍子さんに言われたくないけどー」

そうですよね。藍子だって、父親のような年齢差の、すずみさんのお父さんと恋をして、花陽を産んだのですから。

「まぁ気持ちはわかるけど」

「でしょう?」

真奈美さんが小首を傾げました。

「それじゃ、コウさんは、真奈美ちゃんの告白を断ったと」

うーん、と唸りました。

「断られたことは、確かにそうなんだけど」

「うん」

「コウさんね、ここに来る前に京都の料亭にいたでしょう?」

「そうね」

「詳しくは全然話してくれないんだけど、何か深い事情があったみたいで」

「そうね」

「それが、何か関係してるのかなぁって」

藍子が少し眼を細めて、右の眉が上がりましたね。

「つまり、嫌いだと言われたわけではない、ってことね?」

「年齢差ももちろん気にしてはいると思うけど」

「ふーむ」

「それで、ここも辞めるって」

藍子が、がくん、と頭を落としました。

「そうよねぇ、コウさん、そんな感じの人よね」

「断られたときには、そうなるかなって覚悟はしていたんだけど」

「それも見越しての告白だったけど、嫌いだって言われたならともかく、好意は示してくれたってことね？」

少し恥ずかしそうに頬《ほお》を染めて、真奈美さんは頷きました。そうなのですか、コウさんも好意を持ってるわけですね。もちろん、あのお年ですから、自分より随分若い女性と好意だけでどうにかなるのを躊躇《ためら》うのはよくわかりますね。ましてや真奈美さん、初婚ですよね。

藍子がうーん、と唸りました。

「京都時代に何があったのかを、調べるのが先決ってわけかぁ」

そう言って藍子が冷酒をくいっ、と飲みました。

「真奈美ちゃん、お店、どうするの？」

「コウさん、来てくれないんだよね」

「じゃあ、このまま？」

そのまま、二人で溜息をついてしまいました。お店は真奈美さん一人でも開けられますけど、コウさんのことが片づかないと開ける気になれないということでしょう。このまま〈はる〉さんが閉めたままになるというのは嫌ですね。

さぁこれはどうしますか。京都は遠いですけど誰かは行けると思います。それより何より、コウさんから相談を受けた我南人はどうしてるんでしょう。家に帰ってませんかね。

お店では紺がまだあの『Recovery』という本とにらめっこをしていました。どうやら我南人は帰っていないようです。どこへ行ったのでしょうか。

「うーん」

紺が溜息をつきました。やはり何もないのでしょうか。

「ムダかなぁ」

呟くように言って、本を持ち上げました。

「まさか火に炙るとか透かしとかじゃないだろうしなー」

電気スタンドの電球にページを当ててますけど、違うでしょうね。紺も苦笑いしながら本を閉じようとしましたけど、突然、動きが止まりました。

「ん？」

なんでしょう。もう一度ページを電球に透かしています。何度も何度も本を動かします。さて、わたしも見てますけど、特に透かしなどはありませんけれど。でも、紺は慌てたように最初のページに戻って、裏から光を当てて動かします。何かメモして、また光を当てます。何度か繰り返しているうちに、だんだん身体に生気が戻ってきましたよ。

紺がにやりと笑いました。

「〈稲妻〉で、さらに〈稲光〉か。なるほどなー。やるなぁジョーさん」

わかったのでしょうか。でも、わたしの眼には何もなかったように思うのですが。

＊

翌日の朝です。

いつものように朝ご飯の準備が整って、皆がそれぞれに座卓につきはじめています。研人と花陽は今日が学校の終業式ですね。明日から冬休みが始まって、楽しいクリスマスやお正月がやってきますね。マードックさんもいつものように、自分のお家からやってきて、皆におはようを言ってます。

結局、我南人は戻ってきませんでした。どこをふらふらしてるんでしょうかあの男は。電話が鳴りました。近くに居た青が取ります。

「はい、堀田です。あぁ、親父か」

我南人ですか。

「え？　どこにいるって？」

電話の様子に皆が聞き耳を立てましたね。勘一も顰め面をしましたよ。

「京都？　なんで？」

あら。それは。

「じいちゃんに？　あぁ」

青が受話器を勘一の方に差し出しました。

「じいちゃん、親父が代わってくれって」

「あぁ？」

仏頂面をしながら勘一が電話に出ます。

「なんでぇ朝っぱらから。うん？　茅野？　茅野さんがどうしたい。電話？　あぁそりゃわかるが」

何やら勘一の顔が真剣になっていきました。台所から朝ご飯を運び始めた女性陣も何事かと注目してますね。しばらく勘一は頷きながら話を聞いているようです。

「なるほど、事情はわかった。そりゃあ、ことだな。うん、うん」

なんだろうね？　と声を上げた研人の口に花陽がぱん！　と手で蓋《ふた》をしました。

「間違いねぇんだろうな？　やってみて間違いでしたじゃ洒落になんねぇぞ。それより大げさじゃねぇのか？　あぁ？　おう、そうか。そうだな、クリスマスだしな。それぐらい茶目っ気があってもいいか」

クリスマスが何か関係あるのですかね。

「わかった。茅野さんには俺から電話しとく」

プチッと電話を切った勘一、すかさず受話器をピッピッと操ってどこかに電話しました。電話の使い方は完璧《かんぺき》に覚えたのですよ。

「あぁもしもし！　堀田です。朝早くからすいませんね。いやいやぁ、こちらこそいつもご贔屓《ひいき》にしてもらって。えぇ、おかげさまでぴんぴんしてますよ。当分死にそうもありませんや。えぇ、すいませんが、ご主人を」

間が空きました。

「あぁ茅野さん、朝っぱらから済まねぇな。ちょいと頼まれてほしいんだが、今日から二日ばかし、身体は空いてるかい。おう、助かる。じゃあ、済まんが後で」

電話を切りました。くるりと振り返ると皆がもう興味津々のきらきらした瞳《ひとみ》で勘一の方を見ています。

「なんだよ」

「なにが、あったんですか？」

マードックさんです。勘一は仏頂面をしながら座り、カレンダーを見上げました。

「明後日《あさって》が、クリスマスイブだな」

皆が同じようにカレンダーを見上げて頷きます。

「別に特別な予定はねぇな？」

藍子に訊きました。藍子は頷きながら言います。

「いつものように、夜にちょっとした料理を作るぐらいで、ケーキとか」

言いながらマードックさんを見ました。またマードックさんが、お国の料理を作ってくれるのでしょうね。

「あ、でも脇坂も」

亜美さんです。そうですね、その夜には脇坂さんも来られるはずです。きっと山ほどのクリスマスプレゼントを抱えてくるはずですよ。勘一が苦笑いしました。

「そうだったな。まぁちょうどいいかもしれねぇなぁ」

何がちょうどいいのでしょうか。

「脇坂さんも、けっこうな年の差のあるご夫婦だったよな」

「はい、そうです」

亜美さんが答えました。確か、十ばかりも離れているんでしたね。

「そうさなぁ、するってぇと、やっぱり家でやるのがいいか」

ぶつぶつ小声で言います。なんのことやらさっぱりわからない皆がやきもきしていますよ。

「大じいちゃん!」

研人です。しびれを切らしたようですね。勘一が顔を上げます。

「なんでぇ」

「クリスマスイブになにがあるの!」

研人にとっては重要なことですよね。せっかく楽しみにしていることがおじゃんになるのなら、それはもう大事《おおごと》なんですから。でも勘一はそんな研人を見て、にかっと笑いました。

「そうだな、そういうこたぁ、やっぱり子供か。一応、念押しでやっとくか」

「なに」

「おい、花陽、研人」

「だから、なぁに」

花陽も勘一を見ました。

「子供は天使って言うしな。おめぇたちはイブの夜のキューピッドってのをやれ」

「はい?」

花陽が心配そうな顔をしてますよ。

「大じいちゃん、大丈夫？」

本気でおでこに手を当てようとしました。

「馬鹿野郎。そんなんじゃねぇよ。後で二人でよ、コウさんの家へ行ってこいや」

「コウさん？」

「なんで？」

もちろん、二人もコウさんを知ってますね。美味しいものを食べに〈はる〉さんには何度も行ってます。

「クリスマスイブの夜にな、我が家でパーティをやるから、ぜひ来てくださいってな」

「コウさんを呼ぶんですか？」

亜美さんです。

「呼んでも別にいいけど、なんで？」

青です。藍子が、パン！と手を打ちました。

「おじいちゃん。まさかそれ」

勘一が藍子の顔を見て、事情を察したようですね。

「藍子は知ってたのか。それよ」

まぁ話は飯を食ってからだと、勘一は箸を持ちました。慌てて皆も「いただきます」です。

「我南人の野郎の計画にまんま乗るのも悔しいけどよ。まぁしょうがねぇやな」

そうですか。我南人が何かを考えているのですね。どんなものかはさっぱりわかりませんが、うまく行けばいいのですけど。

四

いつものようにお店が開きます。

開きましたけど、何故《なぜ》かカフェのカウンターの中には藍子とマードックさんが立っています。夫婦揃って並んでいる姿は、なかなかどうして様になっているじゃありませんか。青が居ないと若い女性客は少し減るかもしれませんけどね。

マードックさん、独身生活が長かったですし、お料理も得意ですからこうしてカウンターに立っても何の支障もなく仕事ができます。もちろん、ご近所の方も皆さん知ってらっしゃいますからね。

古本屋の方に亜美さんが行ってます。勘一も紺も青もすずみさんも。開店前からあのハリーさんが店の前でそわそわして待っていたからですよ。亜美さんは念のための通訳というわけです。

かんなちゃんと鈴花ちゃんは仏間の布団の上に放ったらかしですが大丈夫。声はちゃんと聞こえますし、ちゃんとアキとサチが横に寝そべって番をしています。しつけてありますから、ぺろぺろ嘗《な》めるような真似《まね》もしませんよ。

「それは、ほんとう、ですか！」

勘一が帳場に座り、ハリーさんにどうやらお目当てのものが見つかったことと、そのいきさつを教えてあげているようです。

「あぁ、間違いないようだな」

「Great！」

ハリーさん嬉しそうですね。百万ドルのお宝を見つけたとあっては、それはそうでしょう。勘一が本を文机の上に置きました。

「『Recovery』」

「どうしてそれかってのは、さっき説明した通りでな。ちょいと開いてみろ」

ハリーさん、そっと本を手に取って開きます。何ページかめくってみますけど、中身はただの小説ですね。

「わかりません。これの、どこ。にっきか」

勘一が電気スタンドをつけて、電球をハリーさんの方に向けました。ハリーさんが眩しそうに眼を細めます。裸電球は昼間でも眩しいですよね。

「稲妻ってのはよ、正確に言えばよ、ゴロゴロ鳴る音のこった。わかるか？」

亜美さんが英語で説明してあげました。ハリーさん頷きます。

「で、ピカッと光るあの光は、日本語じゃ稲光って言う。英語ならライトニングだわな。それで、こいつだ」

勘一が裸電球を指差します。

「稲光の代わりに、こいつで一ページ目を透かしてみろ」

ハリーさん、言われた通りにしましたが、首を捻ります。

「なにも、ありません」

「透かしながら動かしてみろ」

動かしました。やはり首を捻っていましたが、何度か動かしたときに、急に動きが止まりました。

「これは？」

「見えたか？」

顔を近づけて凝視しています。

「あなが。Hole」

「それだ」

勘一がにやっと笑います。

「ひとつの字の上に、小さな小さな穴が開いてるだろ？　じっくり見たって気づかないほどの小さな穴だ。そうやって強い光にかざして、初めて気づく。そりゃあな、日本じゃ昔っからある子供の遊びのひとつよ。そうやって穴の印のついた文字を集めていくとひとつの言葉になるって寸法よ。アメリカさんにはねぇのか？　そういうの」

「あります！　そんな、かんたんな」

勘一がからからとおかしそうに笑いました。

「そんなもんさ。あれだけ本がありゃあ、一冊ずつじっくり調べるのも時間が掛かる。調べたって古本の中には、紙魚《しみ》が食った穴の開いた本もある。細かいところまで誰も気にしねぇ。俺たちだってその本に何か仕掛けがあると決めて調べないとわかんなかっただろうぜ」

「なるほど」

勘一が偉そうに説明してますけど、全部紺の手柄ですよね。

「で、だ。なぁ紺」

紺が頷いて、一枚の紙をハリーさんに手渡しました。

「そうやって、明らかに穴の印のついた文字を拾っていくと、こんな言葉になりました」

ハリーさん、慌ててその紙を見ました。

「〈GANATO ROCK'N'ROLL SAIKO〉。がなと、ろっくんろーる、さいこー？」

狐《きつね》につままれたような顔になってますよ、ハリーさん。

「我南人っていうのは、うちの親父。ロックンローラーでね。昔、ジョーさんのところに遊びに行ったんだ」

「それで？　それがどうかしたのですか？　にっきは？」

紺が手を広げて、まぁ待てとなだめます。

「じいちゃんが覚えていたんだ。そのときに親父は、ジョーさんから一本のエレキギターを貰ってきたんだって。ジョーさんが大事にしていたストラトキャスターって種類のギターらしいけど一生ものだから宝物として扱ってくれって」

ハリーさん、しばらく呆然としてましたけど、ハッと気づいたように眼を輝かせました。

「じゃあ、その guitar の。body に、にっきが」

「埋め込まれている可能性が高いんだけど」

「みせて、みせてください！　その electric guitar！」

「ところが、親父はあれでも〈伝説のロッカー〉でさ。エレキギターも百本ぐらいあって半分はストラトキャスターなんだ。どれがどれやら僕らにはさっぱりで」

勘一がにやりと笑いました。

「連絡も取れなくてなぁ。まぁ明後日には帰ってくるだろうからよ。あんたもサンタさんにお願いしときな。素敵なクリスマスプレゼントが来るようにってな」

＊

十二月二十四日です。

いつごろからでしょうね、二十四日がこんなにも賑やかな日になってしまったのは。日本中でクリスマスだと騒ぎ出した頃には、二十五日だけがクリスマスだったような気がします。

実はわたしは娘時代にはクリスチャンの学校に通っていました。もうはるかに遠い昔で記憶もおぼろげですけど賛美歌を歌い、祈りの火を灯《とも》し、静かにお祈りをしていた記憶があります。今のクリスマスは本当にただのお祭りになってしまっていますけど、それはそれで良いですよね。皆がこの日だけは、クリスマスの精神で、ほんの少しだけでも他人にも優しくなって時を過ごせるのなら、きっとそれで救われる人もいるはずですから。

さて、我が家ではいつものように賑やかな朝を過ごし、そのままいつものように営業です。とはいえクリスマスですので、カフェの方では、藍子と亜美さん特製のクリスマスのショートケーキがメニューに並びます。古本屋の方ではクリスマスに関する絵本や本を集めて、今日明日だけのクリスマスのラッピングも行います。

意外とご近所の方には好評なのですよ。花陽や研人のお友達のお母さんには、小さい子がいらっしゃる方も多いので、クリスマスの絵本の特集などは特に喜ばれますね。

「旦那さん？」

「うん？」

本の片付けをしながらすずみさんが勘一に話しかけました。

「今晩ですけど、藤島さんは呼ぶんですか？」

「藤島？　なんでよ。あいつぁ淋しいクリスマスを過ごすような男じゃねぇだろうよ」

すずみさん、笑いました。

「まぁそうでしょうけど。茅野さんも来られるのに、仲間外れもかわいそうかなーって」

勘一が、んー、と天井を見上げて考えます。

「ただでさえ人数多いしなぁ。それになぁ」

「それに？」

「あいつにはよぉ、さっさとくっついてもらいてぇんだけどなぁ」

「あぁ」

すずみさんも頷きます。永坂さんとですね。

「いろいろ面倒かけてるしなぁ。二人で仲良くここに来てくれるってんならそりゃあ歓迎するけどよ」

「一人で来られても、永坂さんがかわいそうですか」

「そういうことだ。ま、俺らがやきもきしてもしょうがねぇけどな」

「こんにちはー」

可愛らしい声が古本屋の方に響きました。子供好きの勘一の相好《そうごう》が崩れます。あら、奈美子《なみこ》ちゃんとケンさんとお母さんじゃありませんか。その節は我南人がご迷惑をお掛けしました。奈美子ちゃんは二年生になったんでしたっけね。偶然でしょうかね、一緒に入ってきたのは、確か研人の同級生の女の子ですね。

「あぁ、いらっしゃい」

「こんにちはー」

奈美子ちゃんは去年もクリスマスの絵本をお母さんと一緒に買いに来てくれました。すずみさんが、もう一人の女の子に声を掛けました。

「確か、研人くんの」

「はい、そうです」

声が聞こえたのでしょうか。居間にいた研人が店に顔を出しましたよ。

「あれー、メリーじゃん」

そうそう、平本芽莉依《ひらもとめりい》ちゃん、研人の同級生のメリーちゃんですよね。去年は学校のバザーで二人で古本屋をリヤカーでやったのですよ。小さな〈東京バンドワゴン〉でなかなか好評でしたよね。

「あれ、買いに来たの」

「あ、そうだった。すずみねえちゃん」

何か頼まれていたのですか。すずみさんが頷いて、可愛らしい包装紙にきちんと包まれた本を出してきました。大きさからすると、絵本ですね。

「はい、これね」

「なんだ。研人からの贈り物じゃねぇのか？」

勘一がにやにやしながら言うと、研人は即座に首を横に振りました。

「違うよ。クリスマスの絵本を選んでくれっていうからさ」

メリーちゃんがにこにこしながら、代金を支払います。五十円ですね。その値段ならお小遣いでも買えるでしょう。何を選んであげたのでしょうか。

「なんにしたんだ」

「『羊男のクリスマス』」

なるほど、それにしましたか。勘一がちょっと首を捻って苦笑いしながらすずみさんを見ました。すずみさんはぺろっと舌を出しましたよ。そうですねぇ、その本なら状態さえ良ければ、五百円かそこらで売ってもいいものですね。勘一がにこにこしながらメリーちゃんに言いました。

「おもしろい本だからな。大切にしてくれな」

「はい！」

メリーちゃんが帰ろうとしたときに、研人がちょっと行ってくると一緒に出て行きました。やっぱりこの二人仲が良いですよね。

奈美子ちゃんも、クリスマスの絵本を二冊選んで、おじいちゃんであるケンさんに買ってもらっていました。『ゆかいなゆうびんやさんのクリスマス』と『大草原の小さな家』ですね。二冊で五百円です。すずみさんがきちんと包装してあげました。

正直、こうやって包装してリボンなどつけますと、売り上げとしてはほとんどないのでしょうけど、気持ちですよね。小さい子がたくさんの本に囲まれているところを想像すると、嬉しくなってしまうのはやはり本屋だからでしょう。

＊

夜になりました。この界隈でもクリスマスにいろいろと電飾を飾るところが増えてきました。あちこちで点滅する赤や黄色や青色の光は、見ているだけでも楽しくなります。

カフェの営業も古本屋の営業も、今夜は早めの六時で終了です。脇坂さんご夫妻は夕方に我が家にやってきました。

それはもうたくさんの荷物を抱えていらっしゃって、亜美さんは頭を抱えていましたよ。居間でかんなちゃん鈴花ちゃんと遊んでいます。もちろん、花陽も研人もクリスマスプレゼントを貰《もら》いました。

あのハリーさんもやってきました。まさか日本に来て、こんな民家でクリスマスを過ごすとは思ってもみなかったでしょうね。居心地悪そうにしていましたが、同じ外国人であるマードックさんがお相手をしてあげていて、少しは気を持ち直したようです。

ささやかですが、クリスマスの夕食を皆で待っています。

「ごめんください」

カフェの方から、茅野さんの声が聞こえてきました。そっちでは勘一が待ちかまえていました。茅野さん、微笑みながら入ってきます。一緒に来られたのは、コウさんですね。

「おう。済まんかったね。こんな夜に」

「いやいやぁ」

茅野さんが、椅子《いす》に腰掛けました。コウさんも座りましたが、何かばつが悪そうにしていますね。

「ご主人の勘が当たりましたよ」

「やっぱりかい」

コウさんが、苦笑して頭を掻きました。

「すいません」

勘一が苦笑いします。どうしたのでしょうね。

「まさか、元刑事さんに張り込まれているとは思いませんでした」

「悪かったなぁ、コウさん。そうでもしねぇと、あんた黙っていなくなると思ったんでな」

なるほど、そういうことでしたか。コウさんが黙ってどこかへ行こうとするのを、茅野さんに見張っていてもらったんですね。居間の方から、皆の笑い声など響いていますよ。

勘一が腕組みします。

「まぁ、コウさんがどうしようがな、それはあんたの事情なんだからしょうがねぇけどよ。こうして知り合いになって袖《そで》振り合うも他生《たしょう》の縁ってやつさ。せめて、どうして真奈美ちゃんのよぉ、気持ちってのを受け入れられないのか、その理由だけでも聞かせてくれねぇか」

コウさんが唇を引き締めました。

「向こうはああして騒いでる。聞こえやしねぇよ。事情を話してくれた上で、どうしてもここを去るっていうんなら、止めやしねぇ。じゃあその前に皆と一緒によ、別れの宴だけでも出てってくれよ」

コウさん、勘一の眼を見て頷きました。

「私は、京都の〈春《はる》ふう〉という料理屋で働いていました」

茅野さんと勘一が頷きます。

「口幅ったいのですが、京でも一流の中に数えられるところです。十代の頃からそこで修業し、ある程度任せられるようにまでなりました。結婚し、娘もできて、仕事も充実し、幸せな毎日でした」

藍子が、そっと出てきて、何も言わずにお水とコーヒーを置いていきましたよ。コウさん、微笑んで頭を軽く下げました。

「残念ながら、妻は十五年前ですか。病で先に逝ってしまいました。娘は当時高校生でしたが、なんとかがんばって二人で生きてきました。私は再婚する気はさらさらなく、ただ娘の幸せを願い、仕事をしてきました。妻のいない淋しさは、娘がきちんと育ってくれることと、仕事で紛らわせることが出来ました」

お水のグラスを持って、一口飲みます。勘一がカウンターから灰皿を持ってきて、煙草に火を点けます。茅野さんも少し椅子を引き、じっと話を聞いています。

「娘に好きな人ができて結婚したのは、あの子が二十三のときでした。相手はごく普通の会社に勤めるサラリーマンでして、好き合って一緒になるのなら、私は何も言うことはありませんでした。あの男も、真面目そうな男に見えたのです」

勘一の眼が細くなりました。

「見えたってぇことは？」

コウさん、頷きました。

「娘は、自殺してしまったのです」

茅野さんの眉が歪《ゆが》みます。勘一も顰め面を見せました。

「原因は何だったのか。はっきりとはしなかったのです。あの男は葬儀では悲しんでいました。私は、まるで自分の全てを失ったような気がしました。やり場のないどうしようもない気持ちをどこにぶつけたらいいのか」

深い溜息が、三つ続きました。何も言えないですね。

「葬儀から、十日ほども経ったある日です。娘と仲の良かった女性の訪問を受けました。そのお嬢さんから告げられたのは、娘が、あの男に暴力を受けていたという事実です」

勘一が、声にならない声を上げました。

「それで悩んでいた。だから死んだのではないかと。私は何も力になれなかったと彼女は泣いていました。詳しく話を聞けば聞くほど、娘があの男に暴力を受けていたのは事実のようでした」

「警察には」
　茅野さんです。
「もし、暴力を受けていたのなら、身体に何らかの傷とか痣《あざ》とか。遺体の検分のときに
そういうものは調べるはずです」
「はい。改めて訊いてみましたが、確かに身体にいくつかの痣はあったのですが、娘は
飛び降り自殺だったのです」
　茅野さんが、あぁ、と声を出しました。
「判然としないものもあったそうですが、例えばスポーツなどをしてできた痣だと言わ
れれば、そうだとするしかないようなものだったそうです」
「それで、その元夫には」
　コウさん、首を横に振りました。
「問い詰めて、事実だったら殴り殺してやろうかとも思いましたが、娘が、私に相談も
しないで死んでしまったのは事実なんです。頼りない、父親だったのです。そういう自
分を棚に上げて、あの男だけを吊《つ》るし上げるということが、できなかったのです。です
が」
「ですが？」
　コウさんが、顔を上げました。その眼が少し赤くなっていますね。

「娘が死んで、二年後です。あの男が、娘の元夫が、店に客としてやってきたのです」

「客？〈春ふう〉さんは、京都の一流の料亭だよな？」

コウさん、頷きました。

「その一年前に店は少し改装をしました。小さなカウンターを設けて、わずかなお客さんだけ、眼の前で料理をしてお出しするというスタイルを新しく作ったのです。あいつは、それを知らずに来たのです。てっきり私は奥の板場にいて、顔を合わせることなどないと思ったのでしょう。驚いていましたよ」

「いやしかし、なんであんたの店に」

「再婚したそうです。新しい奥さんは、ある会社の重役の御令嬢で、うちの常連さんでした」

「なんとまぁ」

茅野さんが、顔を顰めて首を横に振りました。

「ご無沙汰《ぶさた》していますと、あいつは言いました。むろん、再婚しようが何をしようが、私が責められるものではありません。しかし、カウンターで嬉しそうに話をするあいつは、あいつは、娘が死んでから半年も経たない内にそのお嬢さんと結婚していたのです。会社も移って、出世もして、店で堂々と食事をしても平気な顔をして、幸せそうに」

コウさんの、握った手が震えていました。勘一が腕組みをしたまま動きません。

「私の隣には板長が居ました。店の主人です。尊敬する、父とも慕う人です。久本《ひさもと》さんと言いますが、その方は事情を全て知っていました。その日のそういう状況も全て理解していました」

震えるようにして、コウさんは息を吐きました。一度下を向き、それから顔を上げます。

「酔うほどに、娘のことを、何もなかったようにふるまうあいつに、私を、ただの板前としか扱わないような傲慢《ごうまん》な言動に、怒りが、どうしようもないような、今までの人生で感じたことのないどす黒い思いが噴き上がってきました。自分でも気づかないうちに、私は、手にしていた包丁を、握り直していたんです。板前なら決してしないような握り方を、そして、我を無くしていました。それを振り上げようとしたのです。振り上げて、あの男に、振り下ろそうとしたのです。しかし、振り上げる前に、まだカウンターの向こうのあいつに見られないところで、板長が、久本さんが気づき、自分の手でそれを止めたんです」

「手で？」

勘一が、口を開けました。

「包丁の刃を、押さえて止めるしかできなかったのでしょう。久本さんの指を、神業とも呼ばれる素晴らしい腕を持った板前の指を、私は、傷つけてしまったのです」

コウさんが、下を向き声を押し殺しました。肩が震えていました。溜息が、深い溜息が、また聞こえてきました。どうしようもない思いのこもった溜息です。

しばらくの間、煙草を吸う音しか響きませんでした。

「久本さんのお蔭《かげ》で、お客さんにしてみれば、カウンターの中で板前がミスをして怪我をした、というふうにしか見られませんでした」

「不幸中の幸いってやつか」

コウさんが、顔を上げて頷きます。

「ですが、久本さんの指は、手術をしなければなりませんでした。腱《けん》を切ってしまったのです。むろん、私はおめおめと店にはいられません」

「それでかい。池沢さんと我南人の繋がりで、〈はる〉へ」

そうです、とコウさんは頷きました。

「もう、板前の仕事はできないとも思ったのですが、お店の常連さんだった池沢さんに、死んだ娘さんのためにも強い気持ちを持って、新しい人生に挑まなければならないと諭され決意しました。いいお店です。このまま、ここで一生を終えるのもいい。そうしようとさえ思っていましたが」

「真奈美ちゃんの気持ちは受けられねぇってかい」

「はい」

コウさんは、勘一の顔を見つめました。

「私は、もう五十二にもなる男です。真奈美さんはまだ三十五。十七歳の年の差があるのです。しかも、私は、大恩ある人を傷つけその人生を終わらせた男です。真奈美さんを、幸せにできるはずがないのです」

「しかし、嫌いじゃねぇんだよな？」

勘一が訊きましたが、コウさんは苦笑しました。

「勘一さん。この年になった男が、惚れたはれただけで十七も年下の娘さんをどうにかできると思いますか？」

「まぁよぉ」

煙草をもみ消して、勘一が頭を掻きました。

「確かにそうだわな」

肩の力を抜き、勘一が少し笑いました。

「事情はわかった。悪かったな、辛《つら》いことを思い出させちまってよ」

「いえ、とんでもないです」

コウさんも少しだけ微笑んでくれました。

「出て行くにしても、やはりけじめは必要ですよね。こちらこそ、お騒がせしてすいませんでした」

「無理には引き止めねぇよ。できる立場でもねぇしな。まぁあれだ、ちょいと上がって飯だけでも食ってってくれよ。最後にそれぐらいはつきあってくれてもいいだろ？」

「はい。喜んで」

勘一とコウさんと茅野さんが居間に入っていきました。中はもうそれでいっぱいですね。女性陣は台所でまだ準備をしているようです。

「我南人さんは？」

コウさんが訊きました。

「ああ、後から来るさ。さぁてもう少しで飯ができるからよ、男衆は軽く飲もうかい。いい日本酒があるからな」

研人が、えー、と声を上げました。勘一が笑います。

「クリスマスの料理が来たら、おめぇたちのジュースも開けるから待ってな」

お猪口《ちょこ》を回して、男性陣がお銚子《ちょうし》からお酒を注《つ》いで回ります。閉めてあった台所の戸が開いて、藍子がお皿を持ってきましたよ。

「はい、もう少ししたらお料理来ますから、これで繋いでおいてください」

お刺し身の盛り合わせですね。これは相当立派なものです。美味しそうですね。

「ほう」

コウさんも思わず声を上げました。

「これは、すごいですね。どこかのお店からですか？」

「わかるかい」

さすがだねぇと勘一が笑いました。

「まぁつまんでくれよ。魚もかなり気張っていいものを仕入れたんだぜ？」

コウさんも頷いて、白身魚を一切れ取ります。これは鮃《ひらめ》でしょうか。ほんの少し醤油をつけて、口に入れたコウさんの表情が変わりました。

「これは」

「どうした。不味《まず》いかい？」

「いえ、とんでもない。とても美味しい鮃なのですが」

コウさん、お刺し身の皿をじっと見ています。お箸で、つまをいじったりしています。

今度は亜美さんが小鉢を持ってきましたね。それを見たコウさんの表情が変わりましたよ。

「聖護院《しょうごいん》蕪《かぶら》白煮《しらに》、ですか」

「そうらしいなぁ。旨《うま》いんだってよ」

コウさん、それを、まるで何かを確かめるようにそっと口に運びます。味わって、それから、勘一を見ました。

「勘一さん、この料理は。この造りと煮物を作った人は」

「わかったかい」

その勘一の声に合わせるように、台所から出てきたのは、我南人ともうお一方。

「兄さん！」

コウさんが、思わず声を上げました。そうなんですよ。コウさんの元のお店〈春ふう〉の板長である久本さんです。

「コウ」

板長の久本さんが、微笑みました。思わず立ち上がろうとしたコウさんを制して、そのまま、コウさんの前に座ります。

「久しぶりだな」

「ご無沙汰しておりました！」

コウさんが、背筋を伸ばして、それから深々と頭を下げます。

「どうだい、コウ。俺の腕は。前より落ちたかい」

「とんでもない！」

顔を上げたコウさん、座卓の上のお刺し身と、小鉢を見ました。

「造りの皿を見て、まさかと思いました。〈春ふう〉のやり方そのままでしたから。そして、この聖護院蕪の白煮の味。少しも変わってません」

「だろう？」

久本さんが、右手を拡《ひろ》げて、コウさんに見せました。

「リハビリってやつにはな、ちょっと時間が掛かったが、これこの通りだ」

右手を開いたり閉じたりして、コウさんに見せます。腱を切られたということですけど、今はすっかり元通りのようですね。コウさんもそれを見て、少し笑顔が見られました。

「我南人さん、ですか」

さっきから黙って見ていた我南人に、コウさんが言いました。我南人も頷きましたね。

「わざわざ、京都まで来られてな」

久本さんが言いました。

「お前が、いまだに悩んでいるようだから活でも入れてやってくれないかとね」

コウさんが苦笑いします。

「コウ」

「はい」

「俺はこの通りだ。ほんの三ヶ月ほど前だが、板場にも復帰した。本来ならお前にも戻ってきてほしいところなんだが、店の名を汚す行為をしたので戻れないというお前の気持ちもわかる。それに」

久本さんが、微笑みながらぐるりと皆を見回しました。

「この土地の人間でもない、赤の他人でしかないお前なのに、こうして心の底から心配してくださる素晴らしい方々にも出会えたようだ。俺は我南人さんに話を聞いて驚いて、そして心底ありがたいと思ったよ。コウのためにそこまでしていただけるのかと。コウ、これは、まさに僥倖《ぎょうこう》というものではないのか？」

コウさんの瞳が潤んでいます。

「仰《おっしゃ》る、通りです」

「ならば、この方々のお気持ちを大事にしろ。お前は長い人生でも滅多に出会えない宝物に出会ったのではないか。むろん俺はお前を恨んでなどいない。〈春ふう〉の味と技を受け継いだお前は、その味をこの地の皆さんに存分に楽しんでいただけるように、頑張れ。俺は、それを望んでいる」

久本さんは、優しく微笑み頷きました。コウさんが、唇を引き締めて、ゆっくりと頭《こうべ》を垂れました。

「兄さん。ありがとうございます！」

勘一が少し鼻を啜り上げました。あぁ、すずみさんなどハンカチで目を押さえていますね。

「さぁて、そうと決まったらよ。コウさん」

「はい？」

「久本さんと積もる話もあるかも知れねぇけど、まぁそいつはこれからいつでもできるだろうよ。こっちはこっちで久本さんをもてなして楽しくやるからよ。あんたはさっさと行ってくれねぇか」

「行く？　とは」

コウさんが小首を傾げました。我南人が言います。

「〈はる〉さんにだねぇ」

「〈はる〉に」

「待ってるよぉ、真奈美ちゃんがねぇ。コウちゃんが帰ってきてくれるのぉ、お店で一人でさぁ」

コウさんの背筋がまた伸びました。

「それは」

我南人がにこりと笑って言います。

「LOVE だねぇ」

あぁ、それですか。

「今夜はクリスマスイブだねぇ。真奈美ちゃんの LOVE をぉ、受け止めてやんなきゃキリストさんだってこの先どうしていいかわかんなくなっちゃうねぇ」

キリストさんも我南人にそんなことを言われたくないですよね。コウさん、少し躊躇うようにしていましたが、ふっと肩の力を抜き、微笑まれました。

「また明日から、お店に出させていただきます。勘一さん、皆さん」

「おう」

「どうぞまた、ご贔屓に」

そう言って、コウさんは立ち上がりました。一礼して部屋を出ていきましたよ。小走りになって〈はる〉さんに向かいましたから、大丈夫ですね。

「やれやれだな」

勘一です。

「うまくいってよかったねぇ。久本さん、すまなかったねぇお世話かけてぇ」

「いえいえ、とんでもない」

我南人が差し出したお猪口を持って、久本さんも笑います。

「お蔭様で、私も胸のつかえが下りたような気がしますよ。こちらこそありがとうございました」

「ま、丸く収まって、これでさっぱりして年の瀬を過ごせるってもんだ。おい！　始めようぜ。腹減っちまったよ」

はーい、と台所から女性陣の声が響きます。研人もようやくクリスマスの夜を過ごせるとホッとしていますね。マードックさんが作ったローストチキンやミンスパイが運ばれてきます。一流の板前の久本さんのお口に合えばいいんですけど。

「あのー」

ハリーさんです。

「すいません。がなとさん、guitar は」

あら、そうですよね。勘一も紺もそういえば、と動きを止めました。

「すっかり忘れてたぜ。我南人、どうなんでぇ」

我南人が肩を竦《すく》めてみせました。

「それがぁあ、ジョーちゃんに貰ったギター、僕売っちゃったんだよねぇ。貧乏な頃にねぇ」

ハリーさんが卒倒しそうな顔になりました。勘一が眉をひょいと上げましたよ。

「ま、何はともあれよ、乾杯だ乾杯。おい皆さっさと座れや。ハリー、おめぇも死にそうな顔してねぇで、ほらシャンパンあるから飲め！　てめぇはキリスト教徒だろうよ。クリスマスを祝わねぇでどうすんだ、ほら！」

かわいそうにハリーさん、呆然としてますよ。我南人のことですから、売ったギターの行き先などはちゃんとわかっていると思いますけど、まぁ後からの話でしょうか。

コウさんはどうしたでしょうか。ちゃんと真奈美さんとお話をしていますかしらね。

ちょいと行って見てくるというのは、それこそ野暮というものでしょう。

あら、小雪がちらついているじゃありませんか。皆さんが、よいクリスマスの夜を過ごしてくれればいいですね。

＊

夜も更けて、紺が仏壇の前に座りました。

「ばあちゃん」

「はい、お疲れさま。コウさんと真奈美さん、どうなったかしらねぇ」

「うん。あの後、藍子にメールが来てたよ。ありがとうって」

「あら良かった。これでまた〈はる〉さんに通えるわね」

「しかし驚いたよ。まさか真奈美さんとさぁ」

「そうだねぇ。まぁ男女のことは本当にわかりませんよ。そういえば、ハリーさんは？ギターはどうなったんだい？」

「それがさぁ。もちろん誰にギターを売ったかはわかってるんだけど、とんでもない話で」

「とんでもないって、なんだい」

「ばあちゃんは知らないだろうけど、売った相手はキースっていう世界的な、すごい大物ミュージシャンなんだよ。もう親父なんか足元にも及ばない」

「あらまぁ」

「ハリーさん、頭を抱えていたよ。いったいどうやって交渉したらいいのかなって」

「かわいそうにねぇ。まぁあれですよ。せめて滞在中は良くしておあげなさいな。これも何かの縁でしょうからね」

「うん。そうする。あれ？　終わりかな？」

紺が頷いて、おりんを鳴らして手を合わせてくれました。

それにしても騒がしい久本さんにも騒がしいクリスマスでしたね。こんなにバタバタするのも珍しいでしょうね。脇坂さんにも久本さんにも随分とご迷惑をお掛けしました。

それでも、聖夜という善き日にコウさんと真奈美さんという新しい結びつきのお手伝いができました。久本さんもコウさんの新しい居場所を確かめられて良かったと言ってくれました。

このまま、年の瀬を迎え、そして良い気持ちで行く年を惜しむことができるのではないでしょうかね。

またやってくる新しい年に思いを馳《は》せて、願いを込めて、終わることにしましょうか。

春 研人とメリーちゃんの羊が笑う

一

庭の梅と桜の木は、今年も元気に花をつけてくれました。

毎年歌の文句のように、きちんと順番に咲いて眼を楽しませてくれるのですが、何せ二本とも老木です。特に桜の木は、いったいいつ頃からここにあるのかもわからないのですよ。伝え聞く話によると、〈東京バンドワゴン〉を創った初代の堀田達吉《たつきち》が、店の場所をここに決めたのも、この桜があったからだとか。

低い板塀を越えて二軒隣にまで桜の花弁を届け、盛りの時期には辺りを薄桃色に染め上げている風情《ふぜい》は、本当に良いものです。

過ぎた冬が暖かだったせいでしょうか。今年は開花も早く、花を愛《め》でる期間も長かったように思います。

小さな庭ですが手入れはそれなりに必要です。我が家では意外と青がそういうことが好きでして、暇があると土いじりをしています。お嫁さんのすずみさんも一緒になって楽しんでいますね。

そんな春の四月も半ば。

我が家のアイドルになったかんなちゃんと鈴花ちゃんも、産まれて半年を過ぎました。もう首もすっかり据わって、表情もとてもよく出るようになりましたよ。その分、自己主張も強くなり、泣き声に振り回されることも多くなりました。

もっとも我が家には振り回される手がたくさんありますから、慌てることもありません。産まれた頃に使っていた籐籠《とうかご》も卒業して、今は小さなお布団の上で、朝から二人で元気に手足をばたばたさせています。

台所では、いつものように藍子と亜美さん、すずみさんと花陽で朝ご飯の支度です。

居間では、欅《けやき》の一枚板の座卓に男性陣が陣取って、新聞を読んだりかんなちゃんと鈴花ちゃんの相手をしたり。

いつものように勘一が上座にどっかと座り、その向かいに座るはずの我南人は昨日から姿が見えませんので、紺が座っています。マードックさんは、かいがいしくご飯を台所から運んで、青と研人は赤ちゃんの周りに陣取る犬や猫たちと一緒に遊んでいますね。

白いご飯におみおつけ、菜の花の梅のり巻きに冷奴《ひややっこ》、裏の杉田さんから貰《もら》った出来立てのおからにだし巻き玉子、昨夜《ゆうべ》の残りの肉じゃが、焼海苔《やきのり》とおこうこが運ばれて、全員揃《そろ》って「いただきます」です。

「おじいちゃん、どこに行ってるんだろうね」

「おい、あれ取ってくれよ、あれ」

「あれ？　花陽の制服のスカーフ変わった？」

「いいかげん親父《おやじ》も携帯を持ってほしいよな」

「おじいちゃん、あれってなんですか？」

「あ、そういや〈はる〉さん、来月十日ほど休むよ。新婚旅行決まったから。沖縄」

「今ごろ気づいたの？　毎年変わるんだよ、スカーフの色。これは二年生の浅葱色《あさぎいろ》」

「ほら、チューブだよチューブ。生姜《しょうが》の、生の。味噌汁《みそしる》にいれるんだからよ」

「じいちゃんみたいに家にいるならまだしも、どこに行ってんだかわかんないのはなー」

「沖縄いいなー、行きたい。沖縄」

「三年生は？」

「そういえば、きのう、がなとさん、しぶやでみかけました」

「おじいちゃん！　チューブそんなに絞ったら！」

「パソコンとか使いこなすくせに携帯は嫌がるのよね、お父さん」

「小豆色《あずきいろ》。ねぇわたし最近ネギが好きになってきたみたい」

「そくばく、されたくないんですね。きっと」

「いいんだよ、生姜は健康にいいって昔っから決まってんだ」

確かに生姜はね、そういうふうに言われてますけど、ものには限度ってものがあります。チューブを半分も絞ってどうするんですか。

新学期になって、花陽は中学二年生になりましたし、研人は六年生。来年は研人も中学生ですか。本当に月日の経つのはあっという間ですね。どんどん大人びていく子供たちを見るのは、嬉《うれ》しいやらなんやらでちょっと複雑ですね。青ぐらいになってしまうともう楽しみも何もないんですけれど。

「研人、その髪、自分でやったのか？」

青が笑いながら訊《き》きました。研人の髪の毛が立っているのですよ。これは、あれですね。男性が髪の毛につけるディップとかムースとかそういうものでやったんですよね。

「青ちゃんの借りた」

くんくん、と花陽が研人の頭の匂《にお》いを嗅《か》いでいますよ。

「これ青ちゃんのじゃないよ、紺ちゃんのじゃない」

「え？　お父さんの？」

ツンツンしてますよ。研人の髪の毛はおじいちゃんである我南人譲りなのか、少し硬めで太いのですよね。もっと小さい頃は柔らかかったのに、上級生になった頃からどんどん太くなってきたようです。

「色気づきやがって。研人もそういう年かよ」

勘一が笑っています。自分はもういじる髪の毛もないですからね。

「大じいちゃんはハゲてるから関係ないもんね」

「馬鹿野郎、大じいちゃんのはハゲてるんじゃねぇ。単なる坊主頭だ。ハゲてんのは祐円だろうが」

その祐円さん、なんですかこの時期なのに風邪《かぜ》を引いてしまって臥《ふせ》っていると、息子さんの康円《こうえん》さんが言ってましたよ。

「心配ですね」

亜美さんが言うと勘一も頷《うなず》きます。

「あいつも八十になったからなぁ。どっちが先にくたばるか競争してるんだが」

そういう話はお互いに洒落《しゃれ》になりませんからやめた方がいいですね。勘一は後で様子を見てくるそうですよ。

いつもの朝のように、カフェも古本屋も一緒に店を開けます。ありがたいことに近所の早起きさんたちがやってきて、カフェの方はすぐに賑《にぎ》やかになるんですよ。出勤前の独身のサラリーマンの方やOLのお嬢さんもいらっしゃいますが、やはり老人の方が多いのです。わたしとも顔馴染《かおなじ》みの方ばかりですが、一人暮らしの方も多いですし、家族と一緒に暮らしていても、ここに通い詰める方もいらっしゃいます。ありがたいことなんですけど、少しばかりの淋《さび》しさも感じますよね。つい先日も、近所のアパートでおばあさんが亡くなられて、しばらく誰もわからなかったというニュースもありました。

とはいえ、世の中は春です。

ご近所の庭先も玄関先も、色とりどりの花が咲くようになりまして、ぐっと明るく感じるようになりました。新しい季節ですから、前を見て過ごすようにしたいものです。

「おはようございまーす」

可愛らしい声が響いてきました。研人の同級生のメリーちゃんですね。本当は芽莉依ちゃんというのですが、皆はメリーちゃんと呼んでいるようです。可愛らしいお名前なんですがちょっと読むときに迷います。

最近は、お子さんの名前が難しくて困ると、藍子も亜美さんも笑っていました。花陽や研人の同級生にも、何と読んでいいのかわからないお友だちがいるんですよ。あれですね、名前というのはその子が健やかに丈夫に育ってほしいと願いを込めてつけるものですから、凝りすぎない方が良いとは思うのですが。まぁ息子が我南人などというわたしに言われたくはないと思いますけれど。

「おう！　おはよう」

勘一がにこりと笑ってメリーちゃんを見ます。

「待ってな、今研人来るからよ」

すぐに研人が鞄《かばん》を肩に掛けて現れました。どうしたことか鞄には妙にこだわる研人。最近はまた我南人にもらった、ピカピカ光る黒地に銀の流水文様《もんよう》のような模様が入ったメッセンジャーバッグというのを使っています。さすがに小学生が通学に使うのにはどうかと思うのですが、本人が気に入っていますのでねぇ。

花陽も一緒に出てきて、三人で「いってきまーす」と声を揃えて出て行きました。勘一とすずみさんがにこにこして見送っています。

「研人くん、ぶつぶつ言ってましたよ」

「なんでだよ」

「メリーが迎えに来るのが恥ずかしいって」

勘一が、がははと笑います。

「そういう年頃だぁな」

それでも、つい最近ですよね。メリーちゃんがわざわざ遠回りして我が家にやってくるようになったのは。それに、帰りにも我が家に寄って、本を読んだりしてから帰っています。メリーちゃんのお母さんもそれは知っていますし、確かお母さんは昔の我南人のファンクラブの会長さんでしたよね。

「まぁ仲の良いのはいいこった」

勘一は何やら本を開き、すずみさんは表の郵便受けのところに行きました。この郵便受けもそろそろどうにかした方がいいですね。大昔に勘一が日曜大工で作ったものですから、すっかり古びて雨漏りもするようになっていますから。

すずみさんが中から郵便を取り出したのですが、何かに気づいたようです。

「あらっ」

「旦那《だんな》さん」

どうしたんでしょうか。何かを隙間《すきま》から引っ張り出しているようですが。

「おう」

封筒を凝視しながら店に入ってきましたよ。

「これ、もう二週間も前に来た郵便です」

「なんでだよ」

「郵便受けの隙間に落ちていたんですね」

勘一がしょうがねぇなぁと言いながら手を出しました。

「なんだか、すごい立派な封筒ですね」

すずみさんが感心したように勘一に渡しました。あら、本当です。藤色《ふじいろ》の素敵な封筒ですね。

「何だよ」

裏側を見た勘一が苦虫を嚙《か》みつぶしたような顔をしました。

「これかよ。そんな季節か」

「なんですか？」

裏側の送り主のところには、達筆な筆文字で〈六波羅探書《ろくはらたんしょ》〉と書かれています。あぁそうですね。二年に一度の春ですものね。

「〈六波羅探題〉だったら、確か京都の」

すずみさんが言います。勘一が顰《しか》め面のまま頷きました。

「それをもじったもんだけどな」

「なんですか？　それ」

うーん、と唸《うな》りながら封を切りました。中からこれまた立派な案内状が出てきます。

「〈この度、七十五回目の《六波羅探書》春の会所を開催いたします〉、とね。〈どちら様も万障お繰り合わせの上御参加ください〉、と。なんだよ明日じゃねぇか。どうせなら過ぎてから見つけりゃ良かったな」

面倒臭そうな顔をします。本当に勘一は昔からこの会に参加するのが苦手でしたよ。

「何かの、会合ですか」

「おう、こいつはな、まぁ要するに京都の古本屋の有志の懇親会だ」

「へー、京都の」

そうなんですよ。それはまぁ京都にふさわしく、伝統と歴史のある会なんです。

「古本屋の有志の会ってもな。そこは京都よ。元々は朝廷のなんだかんだのあれで今も古文書《こもんじょ》の研究だかなんだかんだも一緒になってってよ」

「なんだかんだのあれって、よくわかりませんが」

「いいんだよ。要するに伝統も格式も権威もあるってぇ古書好きの集まりだ。京都で古本屋開業しようと思ったら、ここで顔つなぎしねぇとどうにもならねぇし後が怖いってぐらいな」

「へー」

すずみさんが感心しています。

「え？　でも京都なのに、なぜうちに？」

勘一が、むぅ、と唸りました。

「ま、先々代、ここを開いた堀田達吉、つまり俺《おれ》のじいさんの繋《つな》がりでな。じいさんはそれなりに名を成した人物だったんでな。いろいろあるのよ」

どうするかなぁ、と勘一が案内状を見つめます。

「どうせ我が家はゲストだからな。無視してもいいんだけどよ」

と、突然にやりと笑ってすずみさんを見ましたよ。

「なんですか」

「すずみちゃん、行ってこい」

「はい？」

パン！　と手を打って勘一が笑いました。

「そうよ！　それがいい！　青と二人でよ。こいつに顔を出してきてくれよ！　なぁになんにも面倒臭《めんどくせ》ぇことはねぇ。ただ顔出して会合に参加して、よもやま話して帰ってくりゃあいいだけの話よ」

「あ、でも、鈴花が」

「大丈夫だってよ。うちにはいくらでも面倒見れる人間がいるじゃねぇか。鈴花ちゃんだってまだ母ちゃん父ちゃんがいないって泣く年じゃねぇしよ」

まぁ確かにそれはそうですね。まだ人見知りも始まっていませんし、誰が面倒見ても大丈夫だとは思いますが。

「出欠のハガキとか」

「いやそんなのはねぇんだ」

勘一が、すずみさんの肩をがしっと摑《つか》みました。

「子供が産まれて半年経ってよ、お母さんもストレス溜《た》まる頃だろうよ」

「いえ、別に全然」

「行ってこい行ってこい。京都はいい街だ。一晩ぐらいのんびりしてこい。よし！　決まった！」

よっぽど行きたくないのですね、勘一は。

紺と青とマードックさんが、庭でひと休みしているようです。紺と青は蔵の入口のところに腰を下ろして煙草《たばこ》をふかし、マードックさんは絵を描くときに使う椅子《いす》に座っていますよ。足元の日溜《ひだ》まりでは玉三郎とベンジャミンがごろんと転がっています。青の隣にはポコが転がって、ノラはどこでしょうね。

季節が良いと、こうして庭で休憩するのも本当に気持ちが良いものですよ。

「そういえばさ」

青が言います。

「うん」

「隣の空き地、工事が始まるみたいなんだよね」

「あ、そうなの？」

あら、何ができるのでしょうか。

「ぎょうしゃさんがきて、いろいろそくりょうしていましたよね」

「そうかぁ。あそこを買い取る案はつぶれたか」

それはあくまでも理想であって、そんなお金はうちにはありません。紺が計画している〈堀田家大改装計画〉はそろそろ本格的に始まるそうですよ。大改装と言っても、すべて紺や青やマードックさんの手作りの日曜大工ですから、どこまでできるのでしょうか。生憎《あいにく》とご近所さんに大工さんの知り合いはいませんしね。

「やっぱり、このにわは、つぶせません」

マードックさんが言いました。

「もったいないです。こんなに、ちょうわがとれた、にわ、ないです」

「そうだよなー。潰《つぶ》したってたかがしれてるしね」

「うん」

煙草を吹かしながら紺も頷きました。

「まぁ蔵の蔵書の中でもつまらないものを半分は整理して、アトリエ兼作品置き場にしてだな」

「母屋の二階の納戸は花陽と兄貴の書斎にして、親父の部屋の荷物をどうにかして研人と共同にして、仏間を仕切って奥の物入れを壊して淑子さんの客間にして、だね」

なるほど、そういう使い方がありますか。

「それでまぁ、あとは二階のそれぞれを整理すれば、なんとかなるよな」

「にもつが、たいへんですね」

紺が頷きました。

「そうなんだよねー。親父のコレクションだけでも膨大だもんな」

「売れば少しは金になるんだけどね」

ギターやらLPレコードやらですね。本当に床が抜けそうになって、蔵に移動したものもありますからね。

「そういえば、京都行くんだって？」

「あ、なんかすずみが、じいちゃんに行ってこいって言われたって」

紺がにやりと笑いました。

「楽しいぞー、あそこは」

「あれだろ？　一昨年《おととし》だかその前だかに兄貴が行って、さんざんいじられて帰ってきたやつ」

「そうそう」

「きょうと、ですか、いいですね」

「街はいいけどね。まぁ本当に手強《てごわ》いじいさんたちばかりで」

「覚悟しとくよ」

そんなにおどかすものではありません。京都の皆さんも、それは研究熱心な良い人ばかりですよ。偏屈で手強いことでは勘一に敵《かな》う人はなかなかいませんから大丈夫ですよ。

二

お昼前です。

勘一が帳場に座って何やら作業をしていますね。和綴《わと》じの本をいじっているようですけど、古いものを補修でもしているのでしょうか。カフェの方は青とすずみさんが立っています。亜美さんが古本屋の方にいるのは、たまにはカフェの方を夫婦でやってもらおうというのでしょうか。

藍子は家の中で片づけものをしながら、かんなちゃんと鈴花ちゃんを見ています。藍子も赤ちゃんのお母さん気分が味わえていいでしょう。

からんころん、と土鈴《どれい》の音が響いて、古本屋の扉が開きました。ご婦人が入ってきましたね。

「あらー」

亜美さんが笑顔を見せました。さて、どなたでしたでしょう。勘一も顔を上げました。

「ごめんください。お仕事中、お邪魔します」

頭をぺこりと下げました。勘一はまだわからないようで、少しばかり眼を細めてますね。

「おじいちゃん、ほら、メリーちゃんのお母さん」

「おお」

ようやく思い出したようです。そうでした。何度かお店にもいらっしゃってますよね。

「こりゃどうも。いつもうちの研人がお世話になってます」

「こちらこそ、芽莉依がいつもすいませんお邪魔して」

亜美さんがどうぞ、と帳場の前に椅子を置きました。雰囲気からして、本を買いに来たわけじゃなさそうですね。

「なぁに、研人も可愛い女の子がいつも来てくれるんで、きっと喜んでますよ」

お母さん、確か汀子《ていこ》さんというのですよね。こちらはまた娘さんのお名前とは違い、随分と古めかしいお名前です。

「あの、いつも学校の帰りも芽莉依が寄っていると思うのですが」

「あぁ、来てますな。本を読んだりしていますよ」

「お邪魔ではありませんか？」

汀子さん、済まなそうに訊きます。勘一はからからと笑いますよ。

「とんでもねぇ、大歓迎ですよ。メリーちゃんは大人しくていい子だし。いやしかし」

「しかし？」

「研人の野郎がねぇ」

亜美さんを見ました。亜美さんも苦笑します。

「研人、メリーちゃん放ったらかして、男の友達と遊びに行っちゃうことが多くてごめんなさいね」

そうなんですよね。まぁ仕方のないことかもしれませんが。

「あ、でもメリーちゃん、本が大好きみたいで。あと、猫や犬と遊んだりしてくれて」

「そうそう。あれですよ、赤ん坊も好きみたいでね。あやしてくれたりしてますんでね。本人に訊いても楽しいって言ってるんで」

汀子さん、そうなんですよ、と苦笑します。

「研人くんのことはとても好きみたいで、あと、こちらに居ることも好きなようで、お邪魔でなければ助かるんです。でも」

「でも？」

「でも？」

勘一と亜美さんが同時に言いました。汀子さんの表情が曇りましたよ。何でしょうか。

「あの子、変なこと言ってませんか？」

「変なことたぁ？」

亜美さんも首を傾《かし》げました。

「特には、ねぇ」

二人して頷きます。わたしも特に変なことは聞いていませんね。

「あの」

「はいよ」

「こんなこと、堀田さんに言うのも何なのですけど」

躊躇《ためら》っていますね。勘一がにこりと笑って、後ろの壁を指差しました。家訓ですね。

〈文化文明に関する些事《さじ》諸問題なら、如何《いか》なる事でも万事解決〉。正直なところ、解決してるかどうかは疑問なんですけどねぇ。

「なぁに、ご覧の通り、我が家はあれこれ変なことを抱え込むのが家業みたいなもんでしてね。どうぞ、かまわんですよ」

こくりと、汀子さんが頷きます。

「羊が、ですね」

「ひつじ？」

「ヒツジ？」

羊とは、なんでしょうか。汀子さんが本当に心配そうな顔で言いました。

「あの子、羊が後をついてきて困るって言うんです」

「はい？」

羊ですか？

「でも、この〈東京バンドワゴン〉に来ると消えるので、ここにずっと居たいって言うんですよ」

「羊が、後をついてくる？」

「ここに来ると消える？」

さて、全然わけがわかりませんが、それは一体なんでしょうか。メリーちゃんの羊ですか？

＊

「ただいまぁ」

あら、花陽がカフェの方から帰ってきました。今日は早いですね。すずみさんがニコッと笑って迎えます。

「おかえりー、部活は？」

「今日は先生いなくて、休みになったの」

美術部に入った花陽の場合は、先生みたいな人が二人も家に居ますからね。道具もたくさん揃っていますから、絵を描くなら家でも不自由はありません。

そのまま花陽がカウンターに座ったので、何か飲む？　と、すずみさんが訊きました。

「あ、ミルクティー欲しい」

中学生になってそういうものも好んで飲むようになりましたよ。すずみさんが頷いて作り始めました。

世間様から見ると、異母姉妹という関係のすずみさんと花陽です。しかも藍子はすずみさんのお父さんである大学時代の教授と不倫をして、花陽を産んだわけです。さらにはすずみさんが藍子とは異母姉弟である青と結婚したのです。

それはもうそれだけで小説が一本できあがってしまいそうな複雑な関係ですが、そんなものはこの二人にはなんの意味もありませんよね。今は同じ堀田家の家族です。すずみさんは妹として花陽を可愛がり、花陽はいちばん年の近いお姉さんとして、すずみさんを頼りにしていますよ。

「はいどうぞ」

「ありがと！」

花陽がチラッと家の中の方を見てから言いました。

「ねぇ、すずみちゃん」

「なに？」

すずみさん、花陽に淹《い》れてあげたミルクティーの残りを口に運びながら花陽を見ました。

「不倫って、楽しいの？」

「ふ！」

「わーっ！」

すずみさん、思わずミルクティーを噴き出してしまって、花陽の顔面にかかってしまいました。あらあら。

「ご、ごめん！　あー大変だ制服！　すぐに脱いで脱いで！　洗濯！　藍子さーん！」

まぁ一体なんでしょう。皆がなんだなんだとやってきて大騒ぎです。花陽は慌ててお風呂場《ふろば》の方へ走っていきましたよ。まったく何を思ってあんな質問したんでしょうね。

中学二年生ですから不倫の意味ぐらいは教えずともわかっているでしょうけど。

すずみさんがお風呂場で花陽が脱いだ制服にぽんぽんとタオルを当ててます。幸い、かかったミルクティーは少なかったようですね。跡もついていませんし、クリーニングに出さなくても大丈夫でしょう。

着替えた花陽がやってきました。

「ごめーんすずみちゃん」

「いいのよー、私のせいだもん」

すずみさん、周りをきょろきょろして訊きました。

「で、花陽ちゃん」

「なぁに」

「なんであんなこと訊いたの？　何か、あった？」

少し心配そうにすずみさんが訊きます。まぁ、言ってみれば花陽は不倫の末に産まれた子供ですからね。自分ではもうそういうことはわかってるでしょうし。藍子とそんな話はしたことがあるのでしょうか。

花陽はすずみさんの顔を見て慌てたふうに言いましたよ。

「あ、ちがうちがうすずみちゃん、そんな話じゃないの！　おじいちゃん！」

「お義父《とう》さん？」

花陽が頷きます。我南人のことですね。

「さっき、帰ってくる途中でおじいちゃんが、どっかの知らない女の人とタクシーに乗ってるのを見たの」

「あらま」

「なんか、和服のきれいな人で」

「池沢さんじゃなくて？」

違う違うと花陽は手を振ります。

「見たことない人。それでねー」

「あぁ、なんとなく不倫っぽかったのね」

「そうそう」

まったく、二、三日姿を見せないと思えば何をやっているんでしょうかあの男は。教育上もよろしくありませんよね。まぁ花陽の考えすぎで、単にお友だちと会っているだけかもしれませんけど。花陽もちらっと周りを見ましたよ。

「おじいちゃんって、本当に女好きじゃない？」

「ま、まぁね。そうね」

すずみさんが慌てています。まさか花陽にいきなりそんな話題を振られるとは思ってもみなかったのでしょう。わたしもそうですよ。

「青ちゃんもさぁ、間違いなくおじいちゃんの血を引いているから、気をつけてね」

「あ、はい」

すたすたと花陽は行ってしまいました。すずみさん、眼をぱちくりしてます。

「まぁ、そうね」

頷いていますが、大丈夫ですよすずみさん。あれで青は堅いところがあるんですから。

「羊？」

晩ご飯の時間になりました。お店も閉めて、皆で揃って座卓についています。ご飯を食べながら勘一が訊いてみたのですね。メリーちゃんの羊のことを。

「羊がついてくるって」

紺です。

「羊って、あのメェェェーの羊」

すずみさんです。羊の鳴き声の物まねが上手ですね。研人に大ウケしてますよ。

「メェーの羊だな」

皆でメェーメェーと鳴き真似《まね》をしています。

「メリーちゃんってのは、あれか、『メリーさんの羊』って皆にからかわれたりしてんのか」

勘一が研人に訊きました。

「いや？　だってあれ、『可愛いね』って歌じゃん」

皆は口の中でもごもご言ってますよ。歌ってみたのでしょうね。

「そういやそうだな」

「メリーも最近は喜んでるよ」

ふぅむ、と勘一が唸ります。

「ってことは本人は特に気にしてねぇってことか」

「確か、クリスマスに絵本を買っていったよね」

すずみさんです。

「そう、『羊男のクリスマス』」

「それも、メリーちゃんだからって発想だわな」

研人が頷きました。

「もうそう、ですかね」

マードックさんが心配そうに言いました。

「妄想、なんだろうなぁ。もし本人が本気で言ってるならね」

紺です。

「でも、本気なのよね？」

藍子が亜美さんに訊きました。

「そうらしいの。本人は大真面目《おおまじめ》で、羊がついてくるから、他のどこにも行きたくない。まずうちに寄って、羊が消えてから自分の家に帰るって」

「研人は聞いてないの？　その話」

花陽が訊きました。

「知らない。そんなの初めて聞いた」

うーんと皆が唸ります。研人が続けて言いました。

「クラスでもそんな話はしてないよ？」

「あれか、メリーちゃん、別におかしなところはないのか」

勘一が訊くと研人も頷きます。

「フッー」

「妙に騒ぐとか」

「大人しいとか」

亜美さんとすずみさんの質問にも研人は首を横に振りました。

「ぜんっぜん。フッー。あいつ、学校ではそんなに騒ぐやつじゃないし、おとなしくもないし。ほんっとうにフッー」

そうかぁ、と皆で頷き、またご飯を食べていますね。猫たちが何故《なぜ》かにゃあにゃあと騒いだので、かんなちゃんと鈴花ちゃんが手足をばたばたさせて喜んでいますよ。最近はそうやって、犬や猫たちの声に反応するのですよね。

「どんな羊なんだろうね」

紺が言うと、亜美さんが答えます。

「おっきいんだって。人間みたいに二本足で歩く羊」

さらに皆がうーんと唸ります。

「まぁ、明日にでもメリーちゃんにそれとなく訊いてみるさ。おい研人」

したから、その辺のことは花陽も研人も心得てますよ。

わかってるよー、と研人が頷きます。そうですよね、今までもいろいろとやってきま

「それと、このこと、言い触らしたりするんじゃねぇぞ」

「わかった」

「しばらくはよ、学校でのメリーちゃんの様子に気をつけてくれや」

「なに」

三

紺が一人で〈はる〉さんに来ています。藤島さんからお誘いがあったということで、やってきたのですよね。

テーブルの方には祐円さんの一人息子で神主の康円さんと、あらこの方は確か池沢さんの事務所の社長さんですよ。お名前は浅羽《あさば》さんとおっしゃいましたよね。以前に浮気しているんではないかと疑われました。高校の同級生でしたっけ。

二人でしみじみ飲まれています。そんな話は聞いていないのですが、そうするとあの青とすずみさんの結婚式の日どりについてのごたごたのときから、また会うようになったのでしょうか。

いくら小さい頃から知っているとはいえ、他人様《ひとさま》のお話を聞いていては出歯亀《でばがめ》ですね。こうしてお馴染みのところで会っているのですから、どうということはないのでしょう。

「そういえばさ、こないだ藤島さんの会社、テレビで」

紺が言うと藤島さんが苦笑しました。

「見ましたか」

わたしも見てましたよ。何かドキュメンタリーのようなテレビ番組でしたよね。基本的には真面目な内容の番組でしたが、急成長を続ける会社の若くてハンサムな社長というので、藤島さん随分と目立っていました。真奈美さんが、私も見た！　と笑顔で言います。

「永坂さんも相変わらずおきれいで」

「そうそう、あれは反則だよね。二人で並んでいるとドラマの撮影にしか見えないんだもの」

「あれでしょ、新卒で希望する人なんかかなり多かったんじゃないの？」

藤島さんが頷きました。

「すごかったですね。自分で言うのもあれですけど、倍率何百倍でした」

益々《ますます》のご発展で良いことです。

「はい、桜鱒《さくらます》と湯葉の揚げ物です」

コウさんが皿を置いてくれました。美味《おい》しそうですね。

ついこの間、ちょっといろいろありましたけど、コウさんはいつものように、仏頂面をしながら料理を作っています。真奈美さんも、にこやかに笑いかけながら、お仕事をしています。いつもの光景です。結婚式はまだしないようですが、入籍はもう済ませたとか。

「実は、今日は紺さんに相談があって」

あら、なんでしょう。ちょっと様子が改まっていますね。

「なに、まさか永坂さんと結婚とか」

藤島さんが苦笑します。

「それは置いておきまして、ここだけの話で皆さんにも内緒にしてほしいんですが」

真奈美さんとコウさんを見ました。もちろんお二人とも口は堅いですから大丈夫ですよ。

「堀田さんの隣の空き地、ありますよね」

「うん」

「あそこ、買ったんです」

あら、まぁ。紺も眼を丸くしました。

「藤島くんが？　個人で？」

「そうです。僕個人です」

「へー。え？　それはまた、どうして」

藤島さん、恥ずかしそうに笑います。真奈美さんも興味津々《しんしん》の顔をしていますよ。

「実は、そこに家を建てようと思いまして」

「家って」

「藤島さん、そこに住むの？　まさか新居？」

真奈美さんがぐっと身を乗り出します。

「僕の家はもうありますから。まぁ新しい家という意味では、新居と言えばそうなんでしょうけど」

「別荘も持ってるものね」

そうですよ。藤島さんは都内にマンションもありますしね。わざわざこの下町に新居を構える必要もないと思うのですが。

「まぁ近所に住むのはね、うちの皆は歓迎だと思うし、特に花陽は喜ぶよねー。あいつ毎日勉強教えてもらいに通うよきっと」

藤島さん苦笑いして、それはそれとして、と続けます。

「その家を建てるに当たって、紺さんにご相談なんですけど」

藤島さん、耳打ちするように紺に近づいて話し始めます。真奈美さんもさらに身を乗り出してきました。コウさんが後ろで真奈美さんを引っ張っています。

何やらこそこそ話して、わたしには聞こえません。でも、紺が驚いた顔をして、その後に嬉しそうな顔になりました。真奈美さんも顔を綻《ほころ》ばせましたね。

「いや、でもそれは、いいの？」

藤島さん、にこっと微笑《ほほえ》みます。

「そうしたいんです」

＊

翌日です。

朝ご飯を済ませると、すずみさんと青が二人連れ立って京都へ出掛けていきました。一泊の予定ですが、皆がおみやげよろしくねー、と手を振っていましたよ。

〈六波羅探書〉の会合は、二年に一度、いつも〈碧濤館《へきとうかん》〉という旅館で行われます。それはもう歴史も由緒もある旅館でして、建物の古さでは我が家もかないません。

すずみさんも青も、娘の鈴花ちゃんを置いていくのでちょっと気が引けていたようですが、大丈夫ですよ一晩ぐらい。

それでもこの春を過ぎれば、そろそろ鈴花ちゃんもかんなちゃんも離乳食や、早ければはいはいも始める頃ですね。どんどん眼も手も離せなくなってきますから、二人きりの旅行には今はちょうどいいのではないですかね。〈碧濤館〉は、わたしは何度も行ってますから場所もわかります。後からちょいと覗いてみましょうかね。

「お父さん、デジカメ貸してー」

またメリーちゃんが迎えに来て、花陽と三人で学校に行こうとしていた研人が言いました。

「デジカメ？」

「うん。羊マン撮ってくる」

「羊マン？」

メリーちゃんに聞こえないように、こっそり研人が耳打ちしたところによると、今まで気づかなかったけど、メリーがいるって言うんなら本当に羊がついてくるのかもしれないと。

「それって、ひょっとしたらさ、不審者かもしれないじゃん」

「あ」

なるほど、と紺が頷きます。

「今日、帰りはメリーを尾行してみるからさ」

もし本当に羊が居るなら、写真に撮るというわけですね。さすが研人です。なんですか意気揚々と学校へ向かっていきました。

「同じところへ帰ってくるんだから、尾行じゃないけどな」

紺が研人の後ろ姿を見ながら笑ってましたね。


すずみさんと青がいないので、今日は全員がフル回転です。カフェには藍子とマードックさん、古本屋には勘一が座り、紺がお手伝い。亜美さんは今日は一日お母さんの仕事ですね。かんなちゃんと鈴花ちゃんに付きっきりになるでしょうか。

さっそく亜美さんが縁側で洗濯物を畳んでいると、庭の裏木戸の方から声がしました。

「おはようー」

あら、かずみちゃんですね。今日は黒のジーンズに爽《さわ》やかな黄緑色のニットのカーディガンですか。かずみちゃん、七十を越えたというのに本当に気持ちが若いです。そしてよく似合っていますよ。ついこの間まで現役で働いていたというのが、やはりそうさせるのでしょう。

「おはようございます」

かずみちゃんにとっても勝手知ったる我が家。縁側から上がって赤ちゃん二人の様子を眺めます。

「元気ね。肌の様子もいいし、視線もしっかりしてる。健康な二人だわー」

亜美さんが嬉しそうに微笑みます。お医者さまにそう言われるとホッとしますね。

「お茶でも淹れましょうか」

「いいのいいの。勝手にやるから。お仕事してて」

今日は我南人も青もすずみさんもいないという話をすると、かずみちゃん予定もないのでしばらく居ると言います。赤ちゃんの方は見ているから家の用事をやっていて、と亜美さんに言いました。助かりますね。

「あ、でも我南人は、昨日の夜に見かけたわよ」

「あら、そうですか。どこにいましたか？」

神保町《じんぼうちょう》で女性と一緒に歩いていたとか。けっこう若い子だったわー、とかずみちゃんが笑います。どこで何をしているんでしょうあの男は。

亜美さん、洗濯物を片して居間に戻ってくると、かずみちゃんがお茶を淹れて持ってきました。すいませーんと恐縮する亜美さん。二人でお茶を飲んでちょっとひと休みです。

「かずみさん、内科も外科もやってたんですよね」

「無医村にいると、なんでもね。赤ちゃんもとりあげるし」

「精神の方は」

あら、と、かずみちゃんの眉《まゆ》が少し上がりました。

「患者さんの精神的なケアっていうのはねー、もうあたりまえだから一応勉強もしたけどね。専門じゃないけど。なになに、勘一ボケてきた？」

いえいえ、と亜美さんが笑います。

「あのー、小学生ぐらいの女の子が、羊が見えるって言うんですけど、そういうのはやっぱり妄想なんでしょうかね」

「んー」

かずみちゃん、少し考えました。

「低学年なら、妄想。まぁ言葉が悪いから、空想って言うか。どういう状況なの？」

亜美さんが個人名は言わずに、状況だけ説明すると、かずみちゃん、からからと笑いました。あれですね、かずみちゃんの笑い方とかちょっとしたところは勘一によく似ていますよ。

「亜美さん、そりゃあ、あれよ。わたしにはどうしようもないあれよ」

「あれ？」

にかっと笑いました。

「お医者さまでも草津の湯でもってやつ」

「あら」

恋の病ですか？　でも、恋の病でどうして羊が見えるんでしょう。

「まぁもうしばらく様子を見ることね。お母さんには心配ないって言っておきなさい」

お医者様がそう言うのだから、心配ないのでしょうか。考えてみると我が家は赤ちゃんも子供も老人も多いですから、かずみちゃんがこうしていてくれると何かと心強いですね。

午後になりまして、もうそろそろ青とすずみさんは〈碧濤館〉に着いた頃でしょうか。ちょいと行ってきましょうか。

京都の、それこそ六波羅と呼ばれた辺りにひっそりと佇《たたず》みます〈碧濤館〉。あぁ、懐かしいですね。前回、ここに来たのはもう何十年前になるでしょうか。門構えも、庭の松の木の枝ぶりも、白砂のお庭もまったく変わっていません。

変わらない、ということが難しくなっている世の中ですから、こうした努力というのも大変なことだと思います。以前にわたしと勘一を迎えてくれた女将《おかみ》さんは、とうの昔にお亡くなりになって、今はあの頃の若女将さんが取り仕切っているのでしょう。

さて、青とすずみさんはどこでしょうか。

案内板を見ると、〈六波羅探書〉の会合は大広間の〈白波の間〉らしいです。確かこちらの方でしたが、あぁ、居ました。午後の二時からの開始ということで今はまだ準備とよもやま話に花が咲いているところですか。

部屋の中にはぐるりと書見台の大きいものが並べられまして、そこに古書がずらりと並んでいます。あちらこちらには古本の山があり、いかにもな雰囲気を作っています。古本に限らず軸なども飾られていますから、ちょっとした古美術商の集まりのようですね。

「あんたがなぁ、孫の青ちゃんなぁ」

「はぁ」

いきなり親しげに肩を叩《たた》かれて、青は愛想良くしながらもとまどってますね。すずみさんはその横で、あぁこれは完全な愛想笑いを浮かべていますよ。

声を掛けたのは、〈六波羅探書〉の相談役である重松《しげまつ》さんです。確か、勘一より十ばかりも下でしたでしょうか。

重松さん、勘一が来なくてほっとしているのではないでしょうか。

「勘一はんには、儂《わし》は随分いじめられてそらもうえらい難儀しよった。ま、今日はゆっくりしてってや」

にっこり笑って向こうへ行きます。相談役とはいえ勘一よりも年下で、しかも勘一はああいう人ですからね。相談役をシゲと呼び捨てにしてました。青とすずみさん、部屋の中をぐるりと見回しながら、こそこそ話をしています。

「あの人がこの〈六波羅探書〉の相談役？」

「らしいね。紺ちゃんが言うには、じいちゃんを目の敵にしていた人らしいよ」

「さしずめ、古書界の京都のボスと東京のボスってわけね」

おもしろおかしく言えばそうなりますか。別に戦ってるわけじゃありませんよ。この〈六波羅探書〉も、京都中の古本屋さんが集まっているわけでもありませんしね。大学の先生や印刷関係の方だっていらっしゃいます。まぁそういう方々の中でも、口幅ったいようですが〈東京バンドワゴン〉の品揃えは一目置かれていて、先々代の頃からずっとこちらにお招きいただいているのです。

どなたか、若い方がこちらに向かってきましたね。

「いらっしゃいませ。〈東京バンドワゴン〉の、堀田青さんと、すずみさんですね？」

「はい」

「今回の幹事を務めさせていただく、〈乱麻堂《らんまどう》〉の阿曾《あそ》といいます。今日はよろしくお願いします」

「あぁ、こちらこそ」

青とそう変わらないお年の方ではないでしょうか。

「さっきの相談役は、僕の祖父なんです」

「あ、そうでしたか。じゃあ〈乱麻堂〉というのは」

「はい、祖父の店です」

そうでしたか。お孫さんにお店を任されたのは、知りませんでしたね。

「あの、阿曾さん」

「はい」

「今日は、僕たちは何かしなきゃならないんでしょうかね。何もしなくていいとは聞いてきたんですけど」

阿曾さん、こくりと頷きました。

「もうすぐ、開会の言葉が始まって、その後はここに並んでいる品々のまぁ品評会というか、学術発表会というか、そんなようなものがゆるゆると順番に続いていきます。それが終われば、そこここに積んである古書の内輪の売買なんかがあります」

そうですね。その辺は変わっていないようです。

「〈東京バンドワゴン〉さんはゲストですので、どうぞお席の方で寛《くつろ》いでいてください。もしご希望があれば売買に参加してもけっこうですので」

「そうですか」

ちょっとホッとしたようですね。珍しい古書もたくさんあるようですから、楽しんでもらいましょうか。すずみさんなんかはさっきからちらちら見てますよ。気になるんでしょうね。

わたしも京都は久しぶりです。いくら歩いても疲れないこの身ですから、ちょいとあちこちそぞろ歩きを楽しんでから帰るとしましょうか。青とすずみさんの様子はまた後で見に来るとしましょう。

＊

あぁ、間に合ったようです。何だか楽しくてついつい京都を歩き回って時間が経ってしまいました。気づけば夕方になってしまっていて、慌てて戻ってみると、メリーちゃんがちょうど我が家に入っていくところでした。扉を開けて、こんにちはー、とご挨拶《あいさつ》をしています。

「おお、お帰り」

勘一がにこにこと帳場で出迎えました。いつもこうやって入ってきて挨拶して、本を読んでいてもいいですか？ と訊くのですよ。今日も可愛らしい声で言いました。

「いいぞぉ、好きなだけ読んでけ」

勘一も笑顔で頷きます。メリーちゃん、お母さん譲りのくせっ毛がくるくるしていて、まるでパーマをかけているみたいですよね。瞳《ひとみ》も黒目がちで可愛らしく、将来有望ではないかと青や紺が言ってました。

特に紺はあれですよ、我が息子ながらモテるんだなと喜んでましたよ。親ばかですね。

おや、居間の方から顔をちょいと出したのは研人です。いつの間に帰ってきたんでしょうか。勘一もメリーちゃんも気づいていません。そのままこっそり隠れるようにして、仏間でかんなちゃんと鈴花ちゃんを見ていた紺のところに行きました。

「何だ？」

紺が訊きました。研人は、指を立てて、しーっという仕草をします。鞄からデジタルカメラを取り出しました。便利ですよねぇ、撮った写真がすぐに見られるんですから。

「これ、見て」

研人がカメラの画面を紺に向けました。

「ええっ!?」

どうしたんでしょう。意外と何事にも冷静な紺が驚いてますね。研人の手からカメラを取り上げて、画面を凝視していますよ。

「これ、マジか？」

「マジ。びっくりした」

そういえば研人も何か興奮しているようですね。

「メリーの後をつけてて、急にどこかへ消えちゃった」

なんでしょう、何が写っているのでしょう。紺の後ろに回って覗《のぞ》き込んでみたのですが、思わずわたしも声を上げてしまいました。いえ、どうせ大声を出しても誰にも聞かれないのですが。

なんですこれは。

あら、紺と研人が急にきょろきょろしてしまいました。この二人ですから、わたしの今の大声が聞こえてしまったのでしょうか。

「今のばあちゃん？」

「そうかもな」

やっぱり聞こえてしまいましたか。それよりもなによりも、これです。デジタルカメラの画面には、確かに羊が写っているのです。

それも、二本足で服を着てしっかり歩いている羊が。

＊

研人がメリーちゃんを家に上げて、ゲームなどで遊んでいます。他の友だちも二人ばかしやってきたようで、賑やかな笑い声が響いています。まだ晩ご飯までには時間がありますから、しばらくはあのままでしょう。

そうそう、かんなちゃんが昨日の夜に急にごろんと転がりまして、腹ばいになれるようになったんですよ。鈴花ちゃんも一生懸命身体《からだ》を動かしてましたけど、まだなようですね。少し前から遊んでいるときに、亜美さんやすずみさんが、腹ばいにさせる練習などしてましたけど、こうなると、起きてる間は少し気をつけてなくてはいけません。

今もマードックさんが見ていたのですが、かんなちゃんなかなかやんちゃさんですね。

腹ばいになると、手足を伸ばして飛行機のような運動をたくさんしてました。

二人の近くにはデジタルビデオが置いてありまして、必ず誰かが撮っています。花陽が産まれたときにも買ったのですが、もう古いでしょうと言って、脇坂さんが買っておいていったのですよ。ありがたいですね。

「なんでぇこりゃあ」

紺はあの写真を印刷というんですか、パソコンに繋いで出して勘一に見せました。亜美さんも藍子も驚いていました。

「羊ね」

「こりゃ、あれか？　マスクかなにかか？」

勘一が写真を凝視しています。

「こっちを見て」

紺がノートパソコンをくるりと回して、画面を皆に見せます。写真が画面いっぱいに拡《ひろ》がっています。大きいですから細かいところまではっきり見えます。とても作り物とは思えないですね。

「こうして見ると、本物みたい」

藍子です。亜美さんも大きく頷きます。

「だって、これ、眼が本当に羊の眼ですよ？」

マードックさんもやってきて、じっと画面を見ています。

「これは、とくしゅ make up だとはおもいますけど、そうとう、ぎじゅつたかいですよね。Professional な、しごとですよね」

紺も頷きました。

「こっちは、動画で撮ったやつ。短いけどね」

おお、と声が上がりました。確かに羊が服を着て二本足で歩いています。

「これ、周りの人は驚いてないのかしら」

「研人の話じゃ後ろから見てる分には、変わった髪の毛の人としか見えないみたいだね。正面から見ればわかるけど」

研人たちの通学路は細い道が多いですから人通りはそんなにないのですよね。それに横道も路地もたくさんありますから、さっと隠れてしまえばもうどこに行ったかわかりません。かくれんぼには最適な町ですけど。

「その、特殊メイクってやつは、誰にでもできるのかよ」

「無理だよ。専門の人でないと」

そうですよね。勘一が腕を組みました。紺が続けます。

「とにかくこれで、メリーちゃんの言ってることは妄想でもなんでもなくて、事実だってことが確かめられたわけだよね」

「この羊が、メリーちゃんの後をつけていて、我が家にメリーちゃんが来るといなくなるってわけね」

皆がうーん？　と首を捻《ひね》ります。さっぱりわけがわかりません。

「子供の遊びみたいだなぁ」

勘一が言いました。

「メリーさんの羊ね」

「まさしく」

「ひつじおとこでも、ありますね」

うん、と皆が頷きます。

「子供の遊びでこんなことできないよね。仮に特殊メイクだとしても、たぶん何時間も掛かるだろうし、そんなことしてまでやってるのは」

「メリーちゃんの後をつけること？」

「そう」

「なんのためにやってんだそんなことをよ」

「ほんものだったら、どうしましょう」

「どうしましょうって、んなことがあるかよ馬鹿野郎。妖怪大戦争かよ」

亜美さんが写真を手にしました。

「本物にせよ特殊メイクにせよ、何かがあるのよね、目的が」

上を見ました。研人たちの声が聞こえてきますね。

「私、ちょっとメリーちゃんの家に行ってきましょうか」

勘一に亜美さんが言いました。

「おう、そうか？」

「同級生のお母さんですからね。私が行くのが自然だし。ちょっとあれこれ話をしてきます」

勘一も、うむ、と頷きました。

「それがいいな。この羊野郎の目的がなんなのかさっぱりわからねぇけどよ。メリーちゃんの後をつけてるってのは事実なんだからな。それとよ、紺」

「なに？」

「おめぇ、それとなくメリーちゃんの家族のことをよ、調べてみろよ。ひょっとしたらよ他人様に言えないようなこともあるかもしれねぇ」

「あいよ」

「同級生の親だからな、波風立たねぇように慎重にな」

紺が任しとけと頷きます。謀《はかりごと》は密なるを以《もっ》て良しとす、と言いますから。

四

そういえば、青とすずみさんはどうしたかしらと見に来てみました。

大広間では、どうやら軽く宴席が始まっているようです。飲み食いが目的ではありませんし、何より扱っているものが古書ですから、何かをこぼしたり、指が汚れていては大変です。古書が置かれたところからいちばん離れたところに大きなテーブルが置かれ、そこにはお箸《はし》でつまめる小鉢が並び、軽くお酒やらお茶が並んでいます。

青とすずみさんはどこにいるかと探すと、古書が積まれた一角で、何やら先程の阿曾さんとお話ししています。買いたい本でもあったのでしょうか。

「おーい、青くん、すずみさん」

ずいぶんと遠くから呼ばれました。相談役の重松さんが、ひとつの座卓のところに陣取って、幾人かの方々と談笑しているところに呼ばれたようです。

「あぁ」

阿曾さんが顔を顰めました。呼ばれたので行こうとした青の腕を取って、ささやくように言いました。

「気ぃつけて」

「え？」

何を気をつけるのでしょう。阿曾さん苦笑しました。

「意地の悪い、ご老体ばっかりです。いけずばっかり言うと思いますので」

「そうなんですか？」

手ぐすね引いて待ってるといったところでしょうか。青は、にこっと笑いましたよ。

「大丈夫ですよ。うちにはとんでもないじいさんがいるので慣れてます」

青がすずみさんと顔を見合わせて笑い、畳の上をつつつ、と歩いてきました。

「まぁ、お座りなさい」

言われるままに、青とすずみさんは並んで座ります。大きな座卓に十人はいらっしゃいますかね。見知った顔の方もいらっしゃいます。ほとんどの方がこの会の重鎮と呼ばれる方々ばかりでしょう。

「まぁ、一杯」

重松さんがお猪口《ちょこ》を差し出しました。受け取って青がくいっと空けました。

「奥さんも、どや、一杯」

「いただきます」

すずみさんもお酒は強いですからね。くいっとお猪口を空けます。

「美味しい！」

すずみさんの笑顔に皆さんが笑います。

「なかなか豪気な嫁はんや。なんでも勘一はんの話ではあんたが店の方を手伝《てつど》うとるとか」

「あ、はい。そうです」

「すずみはん、言うたかぁ」

「はい」

ええ嫁貰ったのぉ、とか、安心やなぁ、という声があちこちから掛かります。すずみさんがえへへ、などと愛想笑いをしています。

「勘一はんはなぁ、青くん」

「はい」

「そらもう、えらいお人や。気っ風といい、知識といい、この業界にはなくてはならん人やと思うとる」

「ありがとうございます」

ただなぁ、と重松さん顔を顰めました。

「もう八十やなぁ。身体の方は、どうもないんかなぁ」

「まだまだ元気ですよ」

「そういうたかてなぁ。心配や。勘一はんがおらんことになっても〈東京バンドワゴン〉は東の雄としてきっちりしといてもらわんと、儂らも安心できしまへんのんや」

そうですねぇ、と青は相づちを打ってますけど、何のお話ですかね。

「すずみはん」

「はい」

「勘一はん、言うとったで。すずみはんは若いのにそらもうえらいもんやって」

「あぁ、いえいえ、とんでもないです」

「でなぁ、ちょいとこれ、見てもらえへんかなぁと思うてな」

重松さんが、手を伸ばして、座卓の上にあった木箱を、つい、と動かしました。そうなんですよ。さっきからすずみさんも気にしてましたよね。随分と立派な古めかしい木箱があるのです。薄いですからどうやら本が入っているようなんですけど。

「開けてみなはれ」

すずみさん、ちょっとためらいながらも立膝《たてひざ》をして、木箱を開けました。紫色の袱紗《ふくさ》に包まれた四角いものは明らかに本です。そっと袱紗を取りました。

「うわっ」

なんでしょう、すずみさんその声は。これは、海外の図鑑でしょうか。古色蒼然《こしょくそうぜん》といった感じですが、色合いがきれいですね。青は首を捻っていますけど、すずみさんの眼がきらきらしてますよ。

「『ペーターソン中世植物彩色図』ですねっ！」

「おう！」

重松さんが思わず声を上げました。周りの方も驚いていますよ。

「えらいなぁ、一目でそれがわかるんか。そないな若いのはここにもそうはおらへん」

「いえ、だって、これは」

「すごいの？」

青が訊きました。青はそれほど古典の素養はありませんよね。日本の漫画ですとか雑誌の類《たぐい》、いわゆるサブカルチャーなどと呼ばれる種類の古本などには無類の強さを発揮しますけど。

「十八世紀に出版されたもので、美術書の稀覯本《きこうぼん》の中でもトップクラス！」

「うちにはないんだ」

「ないわよ！　これ、もう国宝クラスなんだよ？　ヨーロッパとか持っていったらきっとこれの争奪戦で死人が出るよ!?」

さすがにそれは大げさでしょうけど、でもあちらのそういう世界は市場が広いだけに確かにすさまじいものがありますから。でも、そんなすごいものが、こちらにもあったんですね。重松さん、うんうんと頷いています。

「これ、今日の土産《みやげ》や。持ってっておくんなはれ」

「ええ!?」

まぁそんな。すずみさん眼を白黒してますよ。

「もちろん土産いうてもただやあらしまへん。後で儂から勘一はんに電話して、あんじょう話はつけさせてもらいますさかい」

あぁびっくりしました。そういうことですか。委託というものを含んでのお話でしょうね。今までもそういうことはありましたから。

「でも、こんな貴重なもの」

「いやいや。こういうえげつないしろもんは、東の方にあったほうが似合うさかい。で、どやろ、すずみはん、これに値をつけてみなはれ」

「値を?」

重松さん、にやりと笑いました。

「もうな、儂らの間では値つけできとりますのや。適正価格っちゅうやつや。オークションならどんどん天井知らずで上がっていくやろうけど、いうたらスタート時の値つけやな。あんたがどういう値ぇつけるか、儂らの値つけとどう違うか、見さしてもらいましょか」

青の表情が変わりました。すずみさんの眉間《みけん》にも皺《しわ》が寄りましたよ。それはつまり、あれですか。すずみさんの目利きを試したいということでしょうか。

「いや、重松相談役、それは勘弁してください」

青がにこやかに話しかけました。

「すずみは確かに祖父の右腕として働いていますけど、まだ一年ちょっとしかやっていないんですよ。さすがにこんなすごい本の値つけは、しかも皆さんの後でご披露するのはちょっと」

そうですよね。重松さん、大げさに顔を歪《ゆが》めましたよ。

「ほう、そないかぁ。てっきり儂は勘一はんが、あの花の都の東京でその名も高い〈東京バンドワゴン〉の名代《みょうだい》としてすずみはん寄越したんと思うとったけど、見込み違いやったかなぁ。そんな素人さんをこの会に寄越すとは、さすがええ度胸してはりますな。それとも、勘一はんもついにボケよりましたかいなぁ」

からからと笑います。

「ま、そうならそんでなぁ。ええわいなぁ」

「いえ！」

袱紗を掛けようとした重松さんの手を、すずみさん、勢い良く止めました。顔つきが変わってますよ。

「やらせていただきます」

「すずみ！」

青が慌ててすずみさんを引っ張って座卓から離れていきました。小声で話しかけます。

「おまえ、何言ってんだよ。向こうはわざと煽《あお》って仕掛けてるんだぞ？　放っときゃいいんだよ。できませんエへへ、って笑ってごまかせばいいんだって」

「そんなこと言ったって青ちゃん！　あの人旦那さんをバカにしてるんだよ！　冗談じゃないわよ京都の古狸《ふるだぬき》が。江戸っ子をなめるんじゃないわよ！」

いけません。すずみさん相当頭に来てますよ。鼻の穴が拡がっています。そのまま青を振りきってずんずんと座卓に近寄りました。

「やらせていただきます。見ていいですね？」

おうおう、と重松さんが頷きました。

「遠慮せんと手に取って、開いてみなはれ」

「いいんですね？」

白手袋をしてから、そっと取り出しました。座卓の上が汚れてないかどうか、周りに何もないかを確認してから、ゆっくり開いていきます。

あぁ阿曾さんも心配気に寄ってきましたね。どうなることやらと見つめています。お孫さんではおじいちゃんのやることに意見などできないでしょう。ここは格式ある会ですからなおさらです。

すずみさんは、一枚一枚じっくり見ています。図版というだけあって、いろんな植物の細密画がきれいですね。色合いも、多少は褪《あ》せてはいるものの、まだまだしっかりしています。すずみさん、眼を輝かせて一枚一枚そっとめくっていきましたが、その手がぴたりと止まりました。

周りの方も、おや、という顔をしましたよ。

「どうした？」

青が訊きました。すずみさん、それには答えずに、さらに顔を近づけて凝視しています。ゆっくりと持ち上げて、本全体をじっくり眺め回して、さらにまた先程のところを開き、見ています。

「青ちゃん」

「なに」

「ルーペ、持ってきてる？」

青がポケットから小型のルーペを出しました。古本屋には必需品です。ルーペでさらにすずみさん、図版をつぶさに観察しています。重松さんはなにやらにやにやしていますね。

すずみさんが、顔を上げました。眉間に皺が寄っています。この顔は怒っている顔ですよ。どうしたのでしょう。

眼を閉じて、身動き一つしないで考えています。皆がすずみさんの様子をじっと見ていますよ。青も腹を決めたのでしょう。腕組みして、すずみさんを見ています。

「重松さん」

「ほい」

「何か、紙と書くものを貸していただけますか？」

阿曾さんが、メモ用紙と鉛筆を渡してくれました。すずみさんが隠すようにしてさらさらと何かを書き、二つ折り四つ折りにして、座卓の上に置きました。

「ここに、私の値を書きました」

「うむ」

「見る前に、お伝えしますが、この本、ニセモノです」

「なんやて？」

青の眼が丸くなりました。阿曾さんもびっくりしています。どよめきが起こりましたよ。重松さんも顔を顰めました。

「すずみはん」

「はい」

「儂らがこの本につけた値は、二百八十万や」

まぁ、そんなに。

「つまり、本物やいうこっちゃ。で、あんたがつけた値は」

重松さんが紙を開きました。

「十二万円」

それでも随分なお値段ですよ。それなのに偽物ですか。

「にせもんにしちゃあ、いい値つけやなぁ」

重松さんが眼を細めました。

「それは」

すずみさん、一度言葉を切りました。

「その値段は、これほどの素晴らしい技術で偽書を作り上げた、職人の技に対してのお値段です。本当に素晴らしいです。製本といい紙質といい印刷といい、芸術品と言ってもいいぐらいです。それでも、偽物は偽物です。ですから、復刻版と銘打って売り出したものならともかく、偽物を〈東京バンドワゴン〉で扱うわけにはいきません」

「根拠はなんやろ。儂らは、本物と判定したんやで？」

すずみさん、唇を嚙みしめました。何か迷っているふうですね。

「私の、見立てとしか言えません。これは、偽物です」

重松さんの眼が細くなりました。

「そやったら、すずみはんは、儂らの目利きが間違《まちご》うとると言わはるんやな？　自分の方が正しい目利きやと」

しばらくすずみさんは動きませんでしたが、思い切ったように力強く大きく頷きました。

「その通りです」

「おもろいなぁ、すずみはん。そやったらええわ。これは儂らがさばかせてもらいましょ」

「いえ、ダメです」

「あん？」

「先程、いただけるというお話でしたので、持ち帰らせていただきます」

すずみさんの眼が真剣です。青は、何も言いません。ただ黙って見つめています。

「なんや、扱えんというたやないか」

「言いました。〈東京バンドワゴン〉では扱えませんし、こういうものが世に出回るのも許せません。ですから、私が処分します」

「処分って、なんや。なにわけのわからんこと言い出すんかなぁ東京もんはぁ」

すずみさん、何か言いたそうにしてますが、ぐっと堪《こら》えています。重松さんはにやりと笑いました。

「あの〈東京バンドワゴン〉の看板娘いうたかて、まぁ若いっちゅうだけは認めるけど、そこまでやなぁ。勘一はんも気ぃ少し迷ったんかいなぁ」

きっ、とすずみさんがまなじりを強くしました。重松さんを睨《にら》みつけました。

「てやんでぇべらぼうめぇ!!」

すずみさん。腹の底から声を出して、啖呵《たんか》を切りましたよ。皆が一斉にのけぞりました。

「いいかよっく聞けこの古狸!」

重松さんの眼が丸くなりました。阿曾さんの口が開きっ放しです。

「古本屋は!　ただ古い本を売りさばけばいいというセコい商売ではありません。世に本はたくさん出回ります。出版社は本を出すのが商売です。本屋は本を売るのが商売です。古本屋は、そこからこぼれ落ちた石の中から玉を見つけて磨きにかけて、また世に出すのが商売です。出回るたくさんの本の中でも、素晴らしい本はごくわずか。しかもその価値も世間にわかってもらえずに眠ってしまうものも、忘れられてしまうものもたくさんあるんです!」

重松さんを見据えたすずみさんの瞳が、光っています。青が、唇を引き締めました。

「私たちは、良き本に、また再び光を当てて、より多くの皆さんにご覧戴《いただ》くことに誇りを持って商売する本屋です!　私は、そう思っています。〈東京バンドワゴン〉は!　旦那さんは!　そういう古本屋なんです!　たくさんの人の手を経て世に出た本は、その本の価値は唯一無二です。だから、だから」

本を手に取りました。

「ただ儲《もう》けるためだけに作られた偽物は、許せません。それは、この本を、より多くの人に読んでほしいと願った制作者たちへの冒瀆《ぼうとく》です！」

すずみさんの眼から、一粒、小さな涙がこぼれ落ちました。それを、ぐいっと手でこすりました。

「この本は、いただきます。私が処分します」

重松さん、顔を顰めて言いました。

「金は、どうするつもりや」

「払います。二百八十万。私の貯金を下ろして耳を揃えてお支払いします」

「どう処分するんや」

ぐっ、と唇を引き締めてから、言いました。

「焼くか、破くか。とにかく、この世から無くします」

いつの間にか、大広間の中が静かになっていました。ここにいる全員が息を潜めてこの成り行きを見つめていたのですね。

重松さんは、腕を組んだまま、じっとすずみさんの潤んだ瞳を見つめていました。その腕をといたかと思うと、息を吐きました。

「だんさんがた、ええな？」

座卓についていた方々に向かって言い、重松さん、すっ、と居住まいを正しました。皆さんも一斉にそれに倣《なら》いました。

「すずみはん」

まぁ。畳に手を突き、頭を下げました。皆さんも同じように、すずみさんに向かって頭を下げましたよ。

すずみさんがびっくりしています。眼が真ん丸になっていますね。重松さんが頭を上げました。その顔に笑みが浮かんでいます。

「よう、言うてくれはりました」

「え？」

「すずみはんの覚悟。この重松雄太郎《ゆうたろう》、胸に染み入りました」

「え？　ちょ、あの」

「勘一はんは、尊敬すべき先達《せんだつ》や。素晴らしいおひとや。あの店を今までああして守ってきはったんはたいしたもんや」

うんうん、頷きます。

「けどなぁ、もうずいぶんなお年や。勘一はん亡き後のことを考えると心配やったんや。あの素晴らしい店が、〈東京バンドワゴン〉がどうなってしまうんかと。失礼やけどあのロックンローラーやったらどうにもならへんやろうし。人様のこととはいえ、自分はもう、ええ跡継ぎに店を譲った身としては、ほんまに、ほんまに心配やったんや」

すずみさんを見て、にこりと笑います。

「あんたがたが来られる聞いたときに、勘一はん、笑って言わはりましたで。『俺が死んでも〈東京バンドワゴン〉には、紺と青の二人がいる。兄弟が力を合わせればできんことはなにもない。おまけに、すずみっちゅう義も胆《きも》もある素晴らしい嫁が来てくれたから、おめぇたち京都もんの好き勝手にはさせんから覚悟しとけ』てなぁ」

青が、思わず苦笑しました。すずみさんはまた驚いて、それからまた眼がうるうるしてしまいました。

「旦那さん、そんなこと」

重松さんが、うんうんと、頷きます。

「紺くんは、知恵のある若者や。青くんは見たところ才のありそうな男や。そして、すずみはんは偉い。古本屋をそこまで考えてくれてはるんは立派な心がけや。若いのに大したもんや。これをにせもん見抜いた眼といい、覚悟といい、たまげましたわ。ほんまに、心底感服した」

「そんな」

「根っからの古本好きが、にせもん言うたかてこれだけのもんを処分するいう身ぃ切るような覚悟は、なかなかできしまへん。辛《つら》い思いさせて、試すような真似して、すまんかったなぁ。これ、この通り」

重松さん、また頭を下げました。

「じゃ、皆さん示し合わせて？」

青がここで口を開きましたね。試すような真似と言うからには、そうなのでしょうか。

青が阿曾さんを見ると、まぁ、阿曾さんも済まなそうに笑いましたよ。

「ごめんなさい。じいちゃんには逆らえないもので」

「青くん」

「はい」

「覚えとき、こういう大仕掛けするんはな、勘一はんの専売特許じゃあらしまへんて。勘一はんに伝えといてや、シゲはまだまだ現役やて」

そう言ってからからと笑いました。そういうことでしたか。そういえば昔はよくそんなことで勘一と張り合ってましたけど、なんでしょう代替わりでのんびりしたせいか血でも騒いだのでしょうかね。

すずみさんもようやく肩の力が抜けました。すっかり騙《だま》されてしまいましたが、こういうことであれば、怒るようなすずみさんじゃありませんから。

でも、何か気にしてますよ。

「あの、相談役」

すずみさんが言いました。

「うん？」

「じゃあ、あの、この『ペーターソン中世植物彩色図』がお土産という話も」

「ああ、これはなぁ。この〈六波羅探書〉でのな、古書の修復やらの技術向上のために皆で作ったもんや。いうたら教科書やからな」

「いただけないんですか」

「なんやあれだけ啖呵切ったのに、やっぱり惜しいんかい」

すずみさん、小首を傾げて照れ笑いしながら重松さんを見ました。

「ちょっとだけ」

皆さんが大笑いして、青も苦笑いしています。作り物とはいえ大層立派なものですからね。自分で持っていていいならぜひ欲しいですよね。重松さん、大きく頷きます。

「にせもんやいうてもな、これだけのもんはなぁ、本に愛がのうては作れやしまへんのや。いうたら愛の結晶や。なんでも〈東京バンドワゴン〉さんにはお子さんが二人も産まれたそうやなぁ。少し遅いかもしれへんけどな、出産祝いや、もっていきなはれ」

五

さて、随分と京都で過ごしてしまいましたけど、メリーちゃんの方はどうなりましたかね。

あら、メリーちゃんのお母さんが我が家にいらしてます。研人もメリーちゃんも姿が見えませんから、どこかに遊びに行ったのか、それとも今度はメリーちゃんの家にでも行きましたかね。古本屋には藍子が座っています。カフェの方にはマードックさんですね。紺は隣の仏間でかんなちゃんと鈴花ちゃんの様子を見ていますか。でも、二人とも眠っています。サチとアキがちゃんと傍《そば》に伏せて見守っています。

かんなちゃんと鈴花ちゃんがはいはいをするようになれば、いじられるのが嫌な猫たちはあまり近づかなくなるでしょうね。その点、サチとアキはきっと平気でしょう。二人がよじ登ったりしても、我が子を遊ばせているような気持ちになってじっとしているのでしょう。

あの羊の写真が座卓に置いてあります。それを見ながら、亜美さんと勘一が腕組みしてますよ。何か進展はあったのでしょうか。

「さっぱりわからんかぁ」

「どういうことなんでしょうね」

メリーちゃんのお母さん、汀子さんも不安げですね。

「あのね、汀子さん」

亜美さんです。

「はい」

「うちの知り合いの女医さんが言ってたんだけど、空想であることは間違いないって言ってたの。この写真を撮る前なんだけど」

かずみちゃんの話ですね。確かにそう言ってました。

「で、そんな空想をしてしまう原因は、恋の病だっていうのよ」

「こい!?」

勘一が口をぱかんと開けました。

「おめぇ、恋ったって、メリーちゃんはまだ六年生だろうが」

「六年生だって、恋ぐらいしますよおじいちゃん。ねぇ汀子さん」

汀子さん、そうそうと頷きます。

「私も初恋は五年生でした。同じクラスの」

「そうそう。私も」

女同士ではそういう話は共感できますよ。女の子はおませさんですから、同い年の男の子とは比べ物にならないぐらい、感受性は豊かなんですよ。勘一は首を捻っていますよ。

「まぁ、そういうんならそうだとしても。なんで恋をしたら羊なんだよ」

汀子さんが、うん、と頷きました。

「あの子が恋をしてるっていうのなら、やっぱり研人くんだと思うんです。バレンタインにも一生懸命手作りでチョコ作ってたし」

「そうですよね、って私が言うのもなんだけど」

亜美さんが苦笑いしました。

「あのチョコには感動したもの。うちの息子にこんなに愛のこもったすごいの作ってくれてありがとーっ！　って。それなのに研人ときたら本当にもう」

「あいつはチョコはあんまり食べねぇからな」

勘一も苦笑いしました。冷蔵庫にも入れないで放っておきっぱなしで、融《と》けちゃいましたよね。

これがねぇ研人とメリーちゃんがお年頃で恋人うんぬんの話になると、汀子さんもこんな家にお嫁に出して大丈夫かしらと不安になるのでしょうけど、今はまだほほ笑ましいものですから、笑っていられますよね。

「だから、研人くんの家に行きたいからそんな嘘《うそ》をついているのかと思っていたんですけど」

「別に嘘なんかつかなくても、うちに来るぶんにはかまわないですもんね」

「そうなんですよ。もうぜんっぜんＯＫなので。行っちゃダメなんて一言も言っていないですし」

ほぅ、と溜息《ためいき》をつきました。紺が何か言いたげに勘一の方を見ていますね。勘一もそれに気づいて口をへの字にして、うむ、と頷いています。何かあったのでしょうか。

さて、どうしようかなぁという雰囲気で勘一がお茶を飲みました。何気なく庭の方を向いたと思ったら、勘一がお茶を噴き出してしまいましたよ。

「きゃっ！」

「おじいちゃん！　どうしました！」

汀子さんも亜美さんも慌てています。勘一はごほごほとむせて、よもや身体の調子が悪くなったのかと心配そうに駆け寄りましたが。あらっ？

紺が勘一のことなんか放っておいて、口を開けっ放しで庭の方を見ています。つられて庭を見た亜美さんと汀子さん、悲鳴を上げてしまいました。

「ひっ！」

「つ!?」

羊です。黒いスーツを着た背の高い二本足の羊が、我が家の庭にすっくと立っているのです。

「な」

さすがの勘一も慌てていますが、羊は何も言わずにゆっくりと動き出し、縁側の戸を開けて、入ってくるじゃありませんか。

本当に羊です。でも、手は人間の手ですよ。驚いていた紺の顔が、あれっ？　というふうに変わりました。動こうとした勘一の肩に手を掛けました。亜美さん汀子さんまた悲鳴を上げそうな顔をして、勘一の後ろに逃げ込んできます。

羊は、そのまま座卓の前に正座しました。羊の正座ですか。

羊の口が動きました。

「LOVE だねぇ」

皆の眼が、点になります。その声は。いえ、その台詞《せりふ》は。

「みんなぁ、大人も子供もぉ、LOVE で生きているんだよねぇ」

勘一が、がくん、と頭を下に向けました。

「またおめぇかよ」

「お義父さん？」

羊が、いえ我南人がこくこくと頷きます。

「メリーちゃんの家に行ったらねぇ、お母さん、こっちに来てるって言うからぁ。あぁじゃあまた親父がちゃんとやってくれてるんだなぁと思ってねぇ」

「その格好で歩き回っていたのかよおめぇ！」

「よく出来てるでしょうぉおこれ。お茶だって飲めるんだよぉ」

羊の我南人は亜美さんの湯飲みをとって、お茶をごくりと飲みました。皆がはぁぁ、と溜息をつきます。汀子さんだけはまだ顔がひきつってますけど。

「で、なんだよ。その格好はいったい」

勘一が座卓に肘《ひじ》をついて訊きました。

「だから言ったねぇ。LOVE なんだよぉ、メリーちゃんのお母さん」

「はい？」

「メリーちゃん、研人の傍にいたいんだよぉ。ずうっとねぇ」

「え？」

紺がそれを聞いて、我が意を得たりというように、うん、と頷いてから言いました。

「汀子さん」

「はい」

「本当に失礼なんですけど、旦那さんと離婚の話をしていますね？」

まぁ、そうだったのですか？　汀子さん、驚いています。

「どうして、それを」

「メリーちゃんが言っていたそうですよ。うちのパパとママは離婚するって」

口を押さえて、汀子さんが眼を丸くしました。

「子供は、敏感ですよ。ましてやメリーちゃんはもう六年生。いろんな事情もわかってきます。たぶん、あなた方の気づかないうちに耳に入ってきたんじゃないですか？　それをメリーちゃんは一人で悩んでいたんですよ。どうしたらいいんだろうって」

羊が、いえ、我南人が大きく頷きました。

「僕はねぇ、メリーちゃんが神社でねぇ、神様にお祈りしているところを偶然聞いちゃったんだよぉ。『お父さんお母さんが離婚しませんように、研人くんと離れ離れになりませんように』ってねぇ。おさい銭入れて、真剣に祈っていたよぉ」

そうなんですか。きっと祐円さんの神社ですね。

「心配になってねぇ。話を聞いたらさぁ。汀子さん」

「はい」

「メリーちゃんねぇ、『離婚したらお母さんがかわいそうだからお母さんといっしょに行く。でも、そうしたら隣町のおばあちゃんのところに住まなきゃならないから、転校しなきゃならない。研人くんと離れちゃう』ってねぇ、泣くんだよぉ。お母さんと一緒に行きたいけど研人とは離れたくないってねぇ」

「そんな」

「ずっとずっと、いつまでも一緒に居たいってねぇ。わんわん泣いていたよぉ、可哀相《かわいそう》でねぇえ」

子供はね。いろんなことを考えるのですよ。大人が思っているよりずっと。あぁ、汀子さん少し涙ぐんでいます。

「夫婦のことはぁ、僕にはどうしようもないねぇ。何もできないねぇ。それでもどうしたらいいかって、その場でメリーちゃんと考えていた。話を聞いていたぁ。そしたらメリーちゃんが、この町を離れられなくなればいいって言い出してねぇ」

「それでかよ。その羊は」

勘一が呆《あき》れたように言うと、羊が、いえ我南人が頷きます。

「とんでもない変な物が、メリーちゃんを追ってきて、メリーちゃんが研人のところに逃げ込んだらそいつは消えるっていうふうにすれば、お父さんお母さんはいろいろ考えるんじゃないかって。離婚しても、研人の家の傍に居てくれるんじゃないかってぇ」

「ひょっとして、メリーちゃんが言ったんですか？　羊がいいって」

亜美さんが訊くと、羊我南人が頷きます。

「なんかぁ、研人からもらったんだってねぇ。クリスマスに絵本を」

そうですね。確かに羊男のお話でした。

「やってみたんだよぉ。これ、本当にいい出来でしょうぉ？　気に入っちゃってねぇ」

羊我南人がにやっと笑いました。羊の笑い顔なんて七十年以上生きていて、いえ死んでますけど、初めて見ましたよ。勘一が溜息をつきながら、頭を二度三度横に振りました。

「まぁいいや。話はわかったぜ。汀子さんよぉ」

「はい」

「そういうこった。恋の病ってのは、当たっていたってわけだなぁ」

そうですね。メリーちゃん、本当に研人のことが好きなんですね。その純粋な気持ちを、いつまでも持ち続けてほしいです。

「離婚うんぬんはなぁ、確かに他人が口出しするこっちゃねぇわな。でもよぉ、娘のためにな。可愛いじゃねぇか真剣に考えたんだぜきっと。研人と離れたくねぇっていうメリーちゃんの気持ちをよ、汲《く》んでやって、いろいろ考えてみてくれねぇかな？」

汀子さん、瞳を潤ませながら頷きます。

「そうします。恥ずかしいです。娘の気持ちも、わかってやれなかったなんて。離婚のことで子供を悩ませるなんて、親として失格ですね」

我南人のせいでややこしくなったような気もするのですけど、まぁいいですかね。

「それにしたってよ。おめぇもういいかげんその羊をはずせよ！ それはあれか、こないだの映画のときの特殊メイクってやつかよ」

「そうなんだねぇ。プロのメイクさんに頼んでやってもらったのぉ。これ三時間もかかるんだよぉ」

勘一が顔を顰めながら訊きました。

「それ、俺の顔にもできるのかよ？」

なんです、やってもらいたいんですか？

＊

三日程が過ぎました。京都から無事帰ってきた青とすずみさん。あの本はしっかりとお土産で貰ってきましたよ。勘一が大笑いしていましたね。

あの後、京都の重松さんから勘一に電話があり、随分と喜んでいたようです。久しぶりに気っ風のいい江戸っ子娘に出会ったと。なんでもこれからは〈六波羅探書〉に必ずすずみさんを寄越すようにと言われたそうで、そうなると勘一のことですから、次回は俺が行ってやると笑っていました。鈴花ちゃんもお父さんお母さんがいなくても平気でしたしね。でも、青とすずみさんがかなり淋しかったそうですけど。

あら、紺が仏壇の前に座りました。話ができますかね。

「ばあちゃん」

「はい、お疲れさまでした」

「ばあちゃんも久しぶりに京都に行ったのかい？」

「えぇ、お蔭様《かげさま》でね。ゆっくりと楽しんできましたよ」

「良かったじゃない。たまには遠出するのもいいよ」

「メリーちゃんの方はどう？ 何か言ってきた？」

「うーん、まぁ離婚は、なんか避けられないようなんだけどさ」

「そうかい。まぁ仕方のないことだけど、可哀相なのは子供なのにねぇ」

「まぁでも、お母さんがなんとかして転校だけはしないようにしてみるって言ってたよ。なんだったらしばらくメリーちゃんを預かってもいいなんて、親父は言ってたけどね」

「そうだね。せめて少しでも淋しくないようにね。なんだい、変な顔をして」

「いや、自分の息子をあんなにも好きな女の子がいるっていうのが、どうにもくすぐったくてさ」

「あんな可愛らしい娘がお嫁さんだったらいいなって？」

「あーまぁ、そうかな」

「気が早いですよ。半年経ったらもうメリーちゃん心変わりしてるかもしれないよ」

「まぁそうだね。あれ、終わりかな？」

紺が、おりんを鳴らして手を合わせました。

確かにねぇ、人の心は移り行くものですけど、そのときの思いだけは本気で、真剣そのものですからね。それは子供でも大人でも変わりません。そういうものを大切にしてあげましょう。それはきっと大人になったときには、大切な宝物になりますよ。

夏　スタンド・バイ・ミー

一

勘一が市でかんなちゃんと鈴花ちゃんのために買ってきた朝顔が二本、するすると伸び始めています。

今年の朝顔市は梅雨明《つゆあ》けを思わせるからっと晴れた良い天気で、とても気持ちの良い一日でしたよね。その後でまた少しぐずりはしましたが回復して、ようやく梅雨も明け、また夏がやってきました。薄桃色になるという朝顔がきれいに咲くのはいつごろになりますか。

裏の右隣の田町《たまち》さんの庭にあります枇杷《びわ》の木が、今年はまぁ本当に鈴なりに実をつけて皆で驚いていました。その枇杷を狙《ねら》って、瓦屋根《かわらやね》にかたかたとカラスの足音が響くようになると、研人は張りきって田町さんの家に出掛けていきます。枇杷の実をそう簡単に取られてたまるかと、二階の物干し台の上で竹竿《たけざお》を振り回すのですよ。田町さん、あと何年ああしてやってくれるかなぁと眼を細めていました。

そういえば庭の紫陽花《あじさい》もずいぶんと咲きそろいましたし、まだ少し早いはずの待宵草《まつよいぐさ》もきれいに咲きました。

温暖化うんぬんと騒がれて、季節の移ろいもぼんやりとしてくるような昨今ですが、それでも、こうやって季節ごとに楽しむことができるのは嬉《うれ》しいことですね。


そんな七月の初めです。

堀田家の朝は、いつものように賑《にぎ》やかです。

開け放った縁側には、毎朝紺と青と研人で作った柵《さく》を取り付けるのが日課になっています。そうなのですよ、かんなちゃんと鈴花ちゃんがはいはいを始めたのです。はいはいどころか、座卓の端を小さな手でしっかり握って伝い歩きもするようになって、本当にもう眼が離せません。

今はまだはいはいですからいいんですけど、歩き出すとまた大変なのですよね。いろんなものを手の届かないところに置き換えたりしなきゃなりません。まぁそういうのも研人以来ですから、懐かしいといえばそうなんですけど。

いつものように、藍子と亜美さん、すずみさんと花陽が台所で準備をしています。とうもろこしをたくさんいただいたので作った冷たいコーンスープがありますので、今朝《けさ》は洋風と決まっていたようです。

厚切りトーストに、ベーコンとうもろこしをバターで炒《いた》めたもの。冷たいコーンスープにプレーンオムレツ。研人はその中におもちを入れるのが好きなんですよ。サラダ風にほうれん草を茹《ゆ》でて胡麻《ごま》とマヨネーズで和《あ》えたもの。レタスをちぎってトマトを細《こま》切《ぎ》れにして胡瓜《きゅうり》は細切り。ドレッシングはそれぞれの好みで。牛乳にコーヒーにヨーグルト、と今日はすべてが洋風ですね。

上座に勘一が座り、我南人がその向かい側、研人と花陽とマードックさんに藍子が縁側の方に座り、紺と亜美さんとすずみさんと青がお店側です。離乳食も始めたかんなちゃんは亜美さんに、鈴花ちゃんはすずみさんに抱かれてご機嫌です。

「ねぇ今年も葉山に行けるんだよね？」

「なんだぁ？　モチが入ってるじゃねぇかこのオムレツ」

「そういえば、うちのおやが、なつに、にほんにきたいそうです」

「お母さん、藤島さんに訊《き》いてみてくれた？　別荘のこと」

「大丈夫よ。でもかんなちゃんと鈴花ちゃんも連れてこいって言うのよねー」

「あら、すいませんそれ研人のです」

「わざわざこの蒸し暑い日本の夏に？」

「訊けば藤島さんいいよって言うだろうけど、ご迷惑よ美術部の合宿なんて」

「え？　僕のにモチちゃんと入ってるよ？」

「かんなと鈴花を連れて行くとなったら、大人二人も行かなきゃならないよなぁ」

「しょうがねぇな、おいケチャップ取ってくれケチャップ」

「にほんの、なつのだいごみを、あじわいたいそうです。かや、とか、かとりせんこうとか」

「じゃあぁ、僕も海に行こうかなぁ。いいよねぇ？　脇坂さんのところの旅館にぃ」

「旦那《だんな》さん！　サラダにケチャップですか？」

「親父《おやじ》が行ってもまったく頼りにならないよな」

「トマトサラダにトマトケチャップだろうよ。相性ぴったりじゃねぇか」

確かにトマト同士で相性はいいのかもしれないですけれど、あまりそうやって食べる人はいないと思いますよ。

脇坂さんのご親戚《しんせき》が葉山の方で旅館をやっているのですよね。一昨年《おととし》から花陽と研人がそこにお邪魔して、思う存分海水浴を楽しんでいるのです。それまでは海に行くと言っても、年に一回一日行ければいい方でしたから、本当に大助かりです。

ですが、今年は花陽が美術部の合宿で葉山に行きたいと言い出しまして、さすがに営業している旅館にただでそれをお願いするわけにもいきません。藤島さんの会社の別荘がやはり葉山にありまして、そこを安く借りられないかと花陽は言っていたんですけど、さてどうでしょうねぇ。

あちらではまだ勘一の妹さんの淑子さんが一人暮らしをしています。確かに環境はこちらよりはるかにいいでしょうし、淑子さんもそれを望んでいるのですけど、我が家で暮らすことも考えてくれると嬉しいんですが、どうでしょうね。

今年の夏も暑くなりそうです。皆それぞれに、この夏を楽しんでくれればいいのですけれど。

花陽と研人が学校に行くと、いつものように、カフェには藍子と亜美さん、古本屋の方には勘一とすずみさん。家の中では紺と青とマードックさんが、それぞれに仕事をしながらかんなちゃんと鈴花ちゃんの様子を見ています。お母さんの手が必要になると、交代です。

マードックさんは一応、あら一応なんて失礼ですね。れっきとしたプロの画家ですから、絵を描くお仕事もあります。版画家でもいらっしゃいますからいろいろと道具がたくさんいるのですよね。お住まいの方はそろそろ立ち退《の》きの期限が迫っているようですけど、蔵の方をアトリエにするという計画はまだ途中のようです。わたしが心配してもどうなるものでもないのですが、上手《うま》くいってくれると良いのですけど。

「よー藍子ちゃん、相変わらず美人だね」

「あら、新《しん》さん、お久しぶり」

カフェにやってきたのは、篠原《しのはら》さんところの新ちゃんですね。お久しぶりです。新ちゃんは我南人の後輩になりますか。まぁ幼馴染《おさなじ》みといってもいいですね。建設会社の跡取りさんで、ご立派に手広くやってらっしゃいますよ。

身体《からだ》がとても大きくて、学生時代には柔道でオリンピックの候補にもなりました。ごついご面相には似合わずに子供が好きで面倒見がとてもいいので、藍子や紺や青が小さい頃には、ディズニーランドに連れていってもらったこともありますよ。我南人は何にもしなかったですからね。

「コーヒーでいいですか?」

「うん、頼むよ。がなっちゃんは?」

「たぶん、隣にいると思うんですけど」

「あれ? いなかったけどなぁ」

我南人ですが、朝ご飯を食べるとすぐに出て行きました。最近は行き先がわかっているのですよ。すぐお隣の〈松の湯〉です。そういえば、隣を建て直したのも新ちゃんところの会社でしたか。

昨年からずっといろいろやっていたのですが、今は営業していない銭湯の〈松の湯〉

さん。何か新しくいろんなことができる建物に変わるようで、ようやく完成したのですよ。名前はアートと銭湯を合わせた〈アートウ〉だとか。英文字では〈ARTOU〉と書くそうです。

ギャラリーにもなっていて、ライブですとか演劇ですとかいろんなことができる場所だそうです。そういうものができて、たくさんの人が来てくだされぱこの辺りも活気が出ていいのではないでしょうか。すぐお隣にそういうものがあると、我が家の方にも少しは実入りがありますかね。

「何か用事がありましたか？」

藍子がコーヒーを運んできて訊きました。新ちゃん、うーんと唸《うな》りましたよ。

「用事ってほどでもないんだけどさ。親父さんは居るでしょ？」

勘一のことですね。

「居ますよ」

「じゃ、ちょっと行くかな。カップ持ってっていいだろ？」

「あ、どうぞー」

新ちゃんがマグカップを持ったまま古本屋の方に移動します。何かお話があるのでしょうか。

「親父さん、おはようございます」

「おぅ、新の字か。早いな」

どうも、と言いながら新ちゃん、帳場の前の椅子《いす》に腰掛けました。新ちゃんの身体だと椅子が小さく見えますね。

「どしたい。まさか本を買いに来たんじゃねぇだろ」

「勘弁してください。俺《おれ》が活字を読んだ途端に眠っちゃうの知ってるでしょ」

からからと笑います。昔からそうでしたよね新ちゃん。

「実はですね親父さん」

あら、ちょっと真剣な顔になりました。なんでしょう。勘一も眉《まゆ》を顰《ひそ》めました。

「がなっちゃんのことを、嗅《か》ぎ回ってる奴《やつ》がいるらしいんですよ」

「我南人のことを？」

嗅ぎ回っているとは、なんでしょうそれは。

「こないだ、久しぶりに会った同級生がいるんですけどね、ほら、昔は近所に住んでて〈宝柳《ほうりゅう》〉ってラーメン屋やってた家の」

「おお、〈宝柳〉な。覚えてるぜ」

「あそこの息子が俺の同級生で、がなっちゃんとも仲良かったんですけど、なんかテレビのアンケート調査やってるみたいなところの連中が来て、がなっちゃんのことをいろいろ訊いていったって言うんですよ」

「ほう」

「それだけだったら、まぁがなっちゃん有名人だからありかなぁって思うんですけど。どうもね、その後も同級生やら先輩からも、そういうアンケートを受けたって話を聞いて、なんか変に思ってね」

「うむ」

「その会社を確かめたら、そんなものどこにもない」

あらまぁ。勘一が顔を顰《しか》めました。

「結局何の目的でがなっちゃんのことを調べていたのかわからず仕舞いで」

「ふーん」

勘一が腕を組んで考え込みます。

「しかしなぁ、あいつぁあれでも二十代の頃から有名人でよ。今更根掘り葉掘り調べられたって、あいつのこたぁもうほとんど丸裸じゃねぇのかよ」

新ちゃん頷《うなず》きます。

「そうなんすけど。隣の〈アートウ〉で、がなっちゃん最近随分マスコミにも露出してるじゃないですか」

「そうだな」

「なんか、ちょっと気になったんでね」

わざわざ来てくれたんですね。ありがとうございます。まぁでもそんなことはいろいろありましたからね。勘一もわけがわからないけど、放っておけばいいさと笑ってました。

新ちゃん、それからあれこれとよもやま話をして帰っていきましたが、後ろ姿を見送ってから、勘一がぽつりと呟《つぶや》きました。

「まぁ、青のこともある、か」

そう言えば、この間もそんな話をしていましたよね。結局あれは勘違いで終わりましたけど。

蔵のところでは紺と青とマードックさんが、煙草《たばこ》をふかしています。かんなちゃんと鈴花ちゃんは二人揃《そろ》って寝ているようですね。その間に一服ですか。

「かんなちゃんと鈴花ちゃんはなぁ、どうしようかな」

紺が言います。

「うみ、ですか。わきさかさん、よろこびますよね」

話しているのは、葉山の脇坂さんのところにお呼ばれしている件ですかね。

「喜ぶだろうけどねー。亜美さんとすずみが二人ともあっちに行って、研人と花陽も行くとなると」

青です。

「Cafe は、ぼく、できますよ。あいこさんと」

「いくらなんでも脇坂さんに全部お任せできないだろう。俺か青か、どちらか行かないと義理も立たない」

「となると、兄貴だね。なんたって義理の両親なんだから」

まぁ、そういうことになりますね。そうするとお店の方は藍子とマードックさんと、勘一と青です。

「色気がないなー」

「親父が居ても役に立たないしな」

「そういえば、となりでの、しゃしんてん、もうすぐですね。たのしみです」

「うん。親父が招待券持ってくるはずだけどね」

そうでした。隣の〈アートウ〉のこけら落としは、写真の展示会だそうです。〈昭和・スーパースターの肖像〉というタイトルで、その名の通り、昭和という時代を彩った、様々なスーパースターの方の写真展ですね。もちろん、その時代の風俗というものを切り取った様々な他の写真や物も展示されるとか。

あまり信じられないのですが、我南人の写真も飾られるのですよ。懐かしい若い頃のステージの写真や未公開の普段の様子を写した写真もあるそうで、我が家の写真もあるとか。ちょっと楽しみですね。

二

十時を回って急に気温が上がり、蒸し暑さも増してきました。

我が家の動物たちは皆、家の中に避難しています。猫や犬は涼しいところをよく知っていますからね。

台所にある裏口の土間のところとか、玄関の三和土《たたき》のところとか、玉三郎、ノラ、ポコ、ベンジャミンとばらばらに涼を取っています。

クーラーはない家ですけど、日本家屋というのは実によくできていまして、打ち水などしておけば夏の昼間でもけっこう涼しく過ごせるのですよ。縁側を開けて、カフェの方もオープンになっていますから庭で冷やされた風が気持ち良く通り過ぎます。和室の欄間《らんま》もそういう涼しさを作り出すための工夫でもありますよね。

とはいえ、赤ちゃんに我慢を強いることはできませんから、お昼寝中は遠くから扇風機で風を送ってあげます。最新式の扇風機は風の強さを自動で調節して、できるだけ自然の風に近い状態を作り出すそうですから便利です。

「こんにちは」

からんころん、と扉が開く音がして、茅野さんが入ってきました。

「よう、おいでかい」

勘一がにこりと笑って椅子を勧めます。

「急に暑くなってきましたな」

「なんか冷たいもんでもどうだい。洒落《しゃれ》たもんでも」

「と、言いますと？」

「カフェの方でジェラートってアイスクリームを出してるぜ」

今年の夏から新メニューに加えました。なかなか好評のようですけど。

「柚子《ゆず》味のが旨《うま》いぜ」

「そりゃいいですね。じゃそれを」

勘一がカフェの方にいる藍子に声を掛けました。茅野さん、ちょっと中の方を見てから言いました。

「ところでね、ご主人」

「おう」

「この夏、どこかで一日ぐらい、休まれませんか」

「休み？」

茅野さんが、少し微笑《ほほえ》んで頷きます。

「すずみさんもすっかり板についているし、店主がいないと話にならない、というわけでもないでしょう」

「そりゃまぁな」

全然平気ですよね。むしろかんなちゃんと鈴花ちゃんにかまってばかりで、店に座っている時間も減っているぐらいです。

「何かおもしろいことでもあるのかい」

「おもしろくはないかもしれませんが、岐阜に行って、一晩夏の温泉でのんびりというのはどうですかね」

「岐阜?」

勘一が少し眼を細めました。岐阜と言うと、一昨年でしたか紺が出掛けていきましてちょっとした騒ぎになりましたよ。勘一が何か思いついたように口をすぼめましたね。

「茅野さん、そりゃあひょっとして、墓参りかなんかかい」

「さすが、話が早い。その通りです」

「岐阜で墓参りたぁ、ネズミかよ」

まぁ、それは。茅野さんがゆっくりと頷きました。

「逝《い》っちまったかぁ」

勘一が溜息《ためいき》交じりに言います。一昨年の秋のことでしたね。五十年も前のごたごたの非礼の詫《わ》びにと、ネズミが段ボール百個もの本を送ってきたのは。そのときの手紙にはもうそろそろ人生の終わりと書いてありましたが。

「そうかい。あいつもなぁ、ついにか」

セドリ師としてもつきあいがありました。それこそ五十年間、顔を合わすことはありませんでしたが、その昔はいろいろと良くしてくれたこともありましたよね。茅野さんが口を開きました。

「あいつとは、罪を犯した者と逮捕した刑事という立場でしたけど、やはりあれですね。古本が好きな者同士、どこか気を許せるというか、憎みきれないところがありまして」

「そうだったかい」

あのごたごたの後、特に茅野さんとそういう話はしませんでしたけど、勘一も茅野さんが一枚嚙《か》んでいたのは気づいていたのでしょう。にこりと笑って頷きました。

「まぁ、じゃあ線香の一本でもあげに行ってやるかい。そいつが生き残ってるもんの務めだわなぁ」

茅野さんも微笑んで頷きました。それがいいでしょうね。そのときはわたしもお供しますよ。

いつの間にか我南人が帰ってきたようで、カフェの庭のテーブルの方で誰かと話をしています。相手の方はメモを手にしてテーブルには小さな録音機がありますから、どうやらインタビューですか。スーツを着崩して、いかにも記者さんという風情《ふぜい》の方ですね。

「すると、ロックに目覚めたのは昭和二十年代だったということですね？」

「そうだねぇ。当時一緒に住んでいた人たちがぁ音楽に詳しくてぇ。いろんなレコードを聞かされたからねぇ」

音楽関係の記事なんでしょうね。我南人が名刺をもてあそびながら話しています。木《き》島《じま》さんというお名前ですか。

「でもぉ、木島ちゃん」

「はい」

「君もぉロック好きなんだねぇ。この昔の木島ちゃん書いた記事ぃ、よく書けてるよぉ」

「いえいえ、まだ二十代の駆け出しの頃の記事で、すみません」

木島さんという記者さん、少し嬉しそうに笑いました。ちょっとくたびれた感じの方で、三十代後半といったところでしょうか。お話によると、熱心な我南人のファンなのでしょうかね。わたしにすると物好きにしか思えないのですが、そういう方が今もいらっしゃるのは本当に有り難いことです。

藍子がコーヒーのお代わりはどうかと訊いてきました。それぞれのカップに注《つ》いで戻っていきます。

「あの方が、お子さんですね？」

「そうだねぇ、長女の藍子だねぇ」

「他に、ご長男の紺さんに、少し年の離れた次男の青さん、と。三人のお子さんのお父さんでもある」

「あんまりいい父親じゃないけどねぇ」

自覚はしているんですよ。でもその自覚が反省に結びつくことがとうとうなかったですけど、そもそも反省などという言葉をきっと知りませんよこの男は。

でもまぁそういうのがロックンローラーという人種なのかもしれません。藍子も紺も青も、なんだかんだ言ってこのろくでもない父親が大好きですものね。

木島さん、いろいろとメモをしながらも周囲にいろいろと気を配っているようです。そういうのも記者さんの習性なのでしょう。

「これはまぁ雑談ですけど」

木島さん、コーヒーを一口飲んで、微笑みながら言いました。

「紺さんは我南人さんによく似ていらっしゃいますけど、藍子さんと青さんはちょっと違いますね。亡くなられた奥さん似でしょうか？」

我南人がにっこり笑いながら、頷きました。

「そうだねぇ。二人とも美男美女でしょおぅ？　僕のぉ奥さん、秋実っていうんだけど美人だったからねぇぇ」

からからと笑い、木島さんも笑いながら何かメモしています。藍子は確かに秋実さん似ですけどね。青は池沢さんに雰囲気がよく似ています。もちろん、そんなこと言えないですけど。

それからも少しの間、二人はあれこれ楽しそうに話して、木島さんは帰っていきました。我南人みたいなわけのわからないことを言い出す人間相手のインタビューは疲れるんじゃないでしょうかね。

マードックさんと紺が離れの屋根に梯子《はしご》を掛けて、なにをしているのかと思ったら、雨どいを直しているようです。

そういえば先日、ポコがこの屋根の上でどこかの猫とケンカをしていました。きっと縄張りに入ってきたその猫を追い払ったのだと思うのですけど、がたがたっとすごい音がしてましたから、あれは雨どいが壊れた音だったのでしょう。

「コンちゃん」

「うん？」

「このあいだの、はなしですけど」

マードックさんが周りを見てから言いました。紺も周りを見て誰もいないのを確かめたみたいです。内緒の話ですか。

「ほんとうに、いいんでしょうか。ごこういに、あまえてしまって」

「いいんじゃない？」

紺が笑います。

「それに、ちゃんとお金は払うんだからそこんところは好意じゃないし」

「それは、そうですけど」

雨どいを針金で固定しながら紺が言います。さて、わたしにはさっぱりぴんと来ない話です。二人で皆に黙って何かをしているんでしょうか。

「マードックさんがやることは、その好意に無理に応《こた》えようとしないで、しっかり自分の仕事をすることだよね」

「しごと」

「いい作品を作って世に送り出すこと。アーティストのやることっていうのは、それしかないでしょ？」

マードックさん、ちょっとおどけたふうに、眼を丸くしました。

「さすが、いちりゅうの artist の、がなとさんの、むすこですね。それ、だいじです」

「一流かなぁ」

二人で大笑いしてます。何のお話かはちょっとわかりませんでしたけど、悪いことではなさそうですね。放っておきましょう。

＊

夜になりました。なかなかにすごい暑さだった昼間のこともあって、今夜は冷たい蕎《そ》麦《ば》と天麩羅《てんぷら》で軽く済ませることになったようです。

と言っても料理をする女性陣は暑いですよね。蕎麦を茹でるのも、天麩羅を揚げるのも人数分はとても大変なんですから、男性陣は本当に感謝してもらわなきゃなりません。態度で示しているのはマードックさんですよ。本当にかいがいしく台所と居間を行き来して手伝っています。これは気を使っているというよりは性分なのでしょう。藍子と出会った頃からそうでしたから。

いつものように、皆揃って晩ご飯です。どこかへ出掛けていた我南人も帰ってきてますよ。

「あぁ、写真展の招待券貰《もら》ってきたからぁ、みんなで見に行ってねぇ」

お隣で開催するものですね。我南人がさっき茶簞笥《ちゃだんす》のところにたくさん招待券を置いていました。

「友だちに配っていいの？」

花陽が訊きます。

「いいよぉ、でもきっと友だちよりぃ、おじいちゃんおばあちゃんや、お父さんお母さんの方が喜ぶと思うねぇ」

「おう、長嶋《ながしま》や王《おう》や大鵬《たいほう》や、高倉《たかくら》の健《けん》さんに池沢さんになぁ。そりゃあ大人は皆懐かしがるぜ」

「ぼく、たかくらのけんさん、すきです」

「そういやぁ、反対隣もよ、そろそろ完成したんじゃねぇか」

「あ、そうだね」

ずっと空き地だったところですよね。アパートのようなものが建ったのはわかるのですが、何やら大仰なシートに覆われて中がよく見えません。わたしはそれこそひょいと中には入れますが、人様が隠しているものを覗《のぞ》く趣味はありませんしね。

「何ができたもんだかなぁ。隣だってのに始めるときに業者がよろしくって来たきりでよ、建主は挨拶《あいさつ》ひとつなしときたもんだ」

「まぁ今はそんなもんだよじいちゃん」

紺が苦笑いしながら言います。大昔とは違います。関わらないことがあたりまえだと思っている方も多いですよね。

家の電話が鳴って近くにいた我南人が取りました。

「はい。堀田ぁ。あぁ、康円ちゃん。うん、今日は家に居るよぉ」

康円さんですか。

「うん、うん、いいよぉ。じゃあご飯の後でねぇ」

あっさり電話を切りました。

「親父ぃ」

「なんでぇ」

「康円ちゃんがねぇ、話があるから後で〈はる〉で会いたいってぇ」

「俺にか」

「僕とぉ、親父ぃ」

「なんだろな。祭りの相談にはまだ早いよな」

まぁいいか、と勘一が蕎麦を啜《すす》ります。何の用事でしょうね。康円さん、不真面目《ふまじめ》なお父さんの祐円さんを反面教師にしたのか、とても真面目な堅物な方なのですよ。それででしょうか、基本的にはいい加減な我南人や勘一には昔からよく振り回されて可哀相《かわいそう》に難儀していたんですよ。

そういう康円さんが我南人に電話してくるのも珍しいですから、ちょいとわたしもお邪魔しましょうか。

「ごめんよっ」

「あら、いらっしゃい」

勘一と我南人、それに紺も青も一緒にやってきました。マードックさんはお仕事の進みが悪くて、今夜はそれに集中したいそうです。〈はる〉さん、康円さん以外は誰もいませんね。勘一が入りしなに笑いました。

「なんでぇ、閑古鳥《かんこどり》かよ」

「さっきまで満員でしたよ」

真奈美さんが笑います。コウさんもいつものように料理を作っています。

「いや、でもちょうど良かったです」

康円さんが言いました。隣に座りながら勘一が訊きます。

「なんだよ。話ってぇのは人払いしなきゃならないようなもんなのか？」

「そうかもしれません」

「穏やかじゃねぇなぁ。じゃあビールはやめて冷酒にしようかな」

「はいはい」

勘一はビールは何故《なぜ》か酔いが早く回るのですよね。

「康円さん、僕ら、いない方がいい？」

紺が訊きました。大した話ではないだろうと思って、ついでに一杯やりにきたのですけどね。康円さん、いやいやと手を振ります。

「青ちゃんにも、ひょっとしたら関係するかもしれないから」

「俺に？」

康円さん、真奈美さんが出してくれた冷酒を勘一のお猪口《ちょこ》に注ぎながら言います。

「あの、私が浅羽さんと同級生なのを覚えてますよね？」

勘一が首をちょっと捻《ひね》りました。

「おお、あの池沢さんところの事務所の女社長さんだな？」

「そうですそうです」

そういえば、この間も康円さん、ここで一緒に飲んでいらっしゃいましたよね。

「それがですね」

そう言ったときに、誰かの携帯が振動しました。皆がきょろきょろして、青がポケットから携帯を取りました。メールでしょうか。携帯の画面を見ていますね。

「ん？」

何でしょう。青が変な顔をしています。その様子に康円さんも何か言いかけたのを止《や》めましたよ。

「どうした？」

紺が訊きます。

「うーん、なんだこりゃ」

「何が」

「同級生からなんだけどさ。お前なんか悪いことしたのかって」

「なんでぇそりゃ。女に悪いことならさんざんやったよな」

勘一がからから笑います。

「なんのこと？」

「いや、俺のことで興信所みたいなところに、え？」

顔色が変わりましたね。勘一も我南人も、皆が青の顔を見つめています。青が、黙って携帯を紺に渡しました。紺が携帯をカチカチと操作して、画面のメールを読んでいます。

「えぇっ？」

紺も驚きです。さて、なんでしょうかいったい。

「どうしたい」

「うーんと」

紺です。

「要約すると、青のことで興信所みたいな人がいろいろ訊きにきた。適当に答えておいたけど、その後で口止め料みたいなものを渡された。なんか嫌だから使わないで取ってあるけど、なんかやったのか、と」

「なんでぇそりゃあ」

「口止め料を払うってことはよっぽどのことだよね」

康円さんが、ポン！　とカウンターを叩《たた》きます。

「いや、それは」

「なんだよ」

「今、私が話そうとしていたことに、何か関係があるのかも」

勘一の眼が細くなりました。我南人も珍しく顔を顰めましたね。


「するってぇと、こうか」

勘一です。

「おめぇは青の結婚式までのごたごたの後、たまーにだが浅羽さんと会っていたと」

「浮気じゃないですよ。純粋に友人としてです」

「わかってるよ、んなこたぁ。堅物のおめぇにそんな甲斐性《かいしょう》はねぇだろ。それで、最近どうにも浅羽さんの元気がない。どうしたもんだろうと心配していたら、別の同級生から浅羽さんに借金を申し込まれたという相談を受けたと」

そうなんです、と康円さん大きく頷きます。

「しかしよぉ、浅羽さんのところはけっこう大きな事務所なんだろ？　その、芸能事務所としてはよ」

「あ」

紺ですね。

「そういえばさ、折原さん移籍したよね、事務所」

「ネットでみたよ。移籍かぁって思っただけだったけど」

「そうなのかい」

紺は折原さんのことをちゃんと気にしていたのですね。

「ああいうところはぁ、いろいろあるからねぇ。いいときもあれば悪いときもあるよぉ」

「まぁ、そうだろうな。で？」

勘一が康円さんに続きを促しました。

「いえ、それでですね。池沢さんもいるような大きな事務所なのにと思っていたけど、池沢さんも最近は新しい仕事の話は聞きませんよね」

「そうだなぁ」

勘一がちらっと我南人を見ます。大分前に引退報道が出てましたけど、まだ正式には何も発表されてませんよね。いったいどうなったのか気にはしているんですけど。

「そんなことを考えていたら、ついこの間、私のところにも来たんですよ。調査会社みたいなところが」

「何を調べにだよ」

康円さん、渋い顔をします。

「一昨年、こちらに池沢さんが来たんじゃないかって。それはどんな理由でだって」

全員が顰め面をしましたね。

「親父がいないときで、私が応対しました。個人情報ですからそんなことには答えられませんって言ったんですが、向こうは写真を持っていたんですよ」

「写真？」

「あのとき撮った、記念写真です。池沢さんも写っている」

うーんと皆が唸りました。確かに。青の結婚式のとき、産みの親である池沢さんはそのことを隠し、映画のロケという芝居をしてお式に参列してくれましたよね。記念写真にも、我南人と青と並んで撮ってもらったのです。

もちろん、康円さんは我南人と青と池沢さんの関係は知りません。けれども長い付き合いですし、あのときいろいろありましたからね。何かがあるのだろうと感じていると思います。

「写真かぁ」

「もちろん、そういうふうになったいきさつも、私は個人のことですからと何も話してはいないんですけれど、なんだかそういうふうにいろんなことがね」

「繋《つな》がるようにかよ」

勘一に、康円さん頷きました。

あの写真はたくさんの方が持っていますよね。おめでたい写真ですから、隠すこともありませんし、たとえばすずみさんの親族の方々は、大スターである池沢さんが写っているということで自慢することもあるでしょう。

それは問題ありません。ありませんけれど。

勘一が黙って腕組みをして、眼を閉じて何かを考えています。皆も黙ってそれぞれに考え込んだりしています。

うむ、と勘一が腕を解いて眼を開けました。

「青」

「なに」

「ちょいとここらではっきりしておくか。幸いここにいるのは身内みてぇな人間ばかりだ。差し障りはねぇ」

勘一が、青の顔をじっと見つめました。青も、真剣な顔をして勘一を見ています。

「我南人もいいな？」

我南人はひょいと肩をすくめました。

「必要があるのならぁ、僕が言うよぉ」

青が手を上げました。

「いいよ。俺の産みの親だろ？　池沢さんなんだろ？」

真奈美さんが息を呑《の》みましたよ。コウさんも驚いています。康円さんがさして驚かなかったのは、おそらく察していたのでしょうね。

青が、微笑みました。

「あーすっきりした」

「なんでぇそりゃ」

「だってさぁじいちゃん」

笑いながら、青は言いました。

「俺もう二十八になってさ、一児の父親だぜ？　今更出生の秘密どうのこうのでさぁ、悩めるはずないじゃん恥ずかしい」

なぁ兄貴、と紺を見ました。紺も頷いてますね。

「産みの母親が池沢さんで、実質的に俺を捨てたんだとしても、俺は堀田秋実という素晴らしい母親に育てられて、堀田我南人というろくでもないロックンローラーが親父で、もうそれだけで十分なんだからさ」

そう言って、ビールを一口飲みました。

「あえてわかってるよ、なんて言う必要もないんで今まで言わなかったけど。あ、すずみとは話しているからね、ちゃんと」

「おう、そうかい」

我南人の方を、青は見ました。顔には笑みが浮かんでいます。とてもいい眼をしてますよ。

「今度池沢さんに会ったらさ、言っといてよ。産んでくれてありがとうってさ」

「そうかいぃ？」

頷きます。

「池沢さんが俺を産んでくれなきゃ、俺は堀田家の息子になれなかった。すずみとも結婚できなかった。鈴花も産まれなかった。池沢さんが産んでくれたから、俺は今こうして幸せでいる。だからさ」

「青ぉ」

我南人が微笑みました。

「その言葉ぁ、直接言ってやった方がいいねぇ。池沢さんに」

そうですよ。その方が。あら、勘一が涙ぐんでますよ。

「なんだよじいちゃん」

青が笑いました。

「欠伸《あくび》だ馬鹿野郎」

わかってはいましたが、本当にいい子に育ってくれましたね。いったい誰に感謝すればいいのでしょうか。やっぱり秋実さんですよねぇ。

「で？　じいちゃん。それをここではっきりさせたってことは？」

紺が真剣な顔をしています。勘一も腕でぐいっと顔を擦《こす》って、言います。

「おうよ。新の字がな、今朝方言ってきたのよ。我南人のことをあれこれ嗅ぎ回ってる野郎がいるようだってよ」

「そうなのぉ？」

勘一が続けます。

「そこに康円のその話、そして青のメール。こうくりゃおめぇ馬鹿でも阿呆《あほ》でも察しをつけられるだろうが」

紺が、頷きました。

「スキャンダル」

「それよ」

勘一がバン、とカウンターを叩きました。

「我南人の女癖の悪いのをよ、今更いくらほじくりかえしたって、誰も驚きゃしねぇよ。

むしろそれで我南人がまた注目されて仕事が入りゃ万々歳てなもんだ。なんなら家を新築できるぐらいそれで儲《もう》けさせてくれってもんよ」

「そりゃあぁ無理だねぇ」

「ところがどっこい、それが池沢さんなら話は別よ」

皆が頷きました。

「平成始まって以来の大騒ぎになるね」

「どっかのひよっこ女優の騒ぎなんか鼻くそみたいなもんだよ」

「芸能界始まって以来の大激震よ。あの池沢さんよ？　しかも相手が我南人さんよ？」

真奈美さんが興奮しています。勘一が、頭をがりがりと掻《か》きました。

「しかしこりゃあ」

紺が頷きます。我南人も渋い顔をしていますね。

「もしそうなら、大事《おおごと》になっちまった。相手が見えねぇ以上、俺たちに打つ手はねぇやな」

うーんと皆が考え込みましたが、紺が冷酒をくいっと飲んで言いました。

「あるよ」

「えっ？」

真奈美さんです。勘一も驚いた顔をしましたよ。

「あるのかよ」

紺が微笑みました。

「いつかこんな事態になるかもしれないって思ってたからね」

まぁ、さすがです。

「どうするんでぇ」

「スキャンダルって言っても、相手は超大物の池沢さんだよ。何にも予告なしに、確認もしないですっぱ抜くなんてことはどんな三流のマスコミだってできないよ。無視されるか笑いものになるだけ。ネットを使おうとしたって、ネットの主流は若者だから、池沢って誰？ってなものだからね。だから相当しっかりした確証を摑《つか》まないと相手は動けない」

おお、と勘一が唸ります。

「つまり、親父と池沢さんが認めない限り、もしくは青を取り上げた医者が医師の守秘義務を捨ててまで情報を売らない限り確証はないってこと。まぁ仮にその医者が情報を売ったとしても、ネタ元としてバラすことは逆にできないよね。それこそその医者を自殺に追い込むようなものだもの」

「それで？」

青です。

「相手は、必ず親父か池沢さんに接触してくる。もしその時点で向こうがただの憶測で動いているなら無視すればいい。確かな情報を持っていたとしたら」

「いたとしたら？」

紺が、肩をすくめました。

「先手を打って、親父と池沢さんとで記者会見する。こっちからバラしてしまうんだよ。いちばんさっぱりするだろ？」

「しかしおめぇ、池沢さんにはれっきとした夫がいるんだぞおい」

紺が頷きます。

「それはもう、親父と池沢さんの方で話をつけてもらうしかないよ。だから、打つ手は、それを含めて早急に親父が池沢さんと会うことさ。ただし」

「ただし？」

「向こうの頭が良けりゃ、わざとこうして動いて俺たちを慌てさせて、親父と池沢さんを接触させようとしてるのかもしれない」

康円さんが唸りました。

「こうしていること自体、向こうの思うつぼってことですか」

「そう。むしろこんなに同時に話が入ってくること自体、罠《わな》ってことの証明かもしれない。その可能性も高い。だから慎重にね、親父」

我南人がにかっと笑いました。

「わかったよぉ。大丈夫だねぇ」

本当に緊張感がありません。我が息子ながら、どうしてもこの口調では何を言っても信用できないのですよ。

「もうひとつ、心配なのは」

「なんだよ」

「さっき康円さんも言ってた浅羽さん」

「浅羽さんがどうした」

紺が顰め面をしました。

「親父の話では、浅羽さんは公私共に池沢さんのパートナーだよね？　それこそデビュー当時からの。そして、親父と池沢さんのことを知ってる。さらに、彼女は芸能界の中でやり手の社長さんなんだ。もし、本当にお金に困ってるなら」

「そうか」

青です。

「パートナーを裏切ってまで、リークを」

勘一がうう、と唸りました。

「スキャンダルにして、それで金を稼ぐしかもう池沢さんに商品価値はないってか」

「そういうことを考えてもしょうがないってことだよ。実際、俺らの年代には池沢さんが大女優だって知ってる人だって少ないんだからね。池沢さんのファンはもう高齢化してるから」

むぅ、と皆が下を向いてしまいました。

「だから、浅羽さんがリークする側に回ってしまったら、大変だ。確証はなくても彼女の証言なら真実味が全然違う。そればっかりはもう彼女を信頼するしかないからね」

本当に、それは一大事ですよ。上手く収まってくれるでしょうか。

三

夏休みが始まりました。

夏を彩る蟬《せみ》たちの声もあちこちでうるさいぐらいになりまして、子供たちが朝からご近所を駆け回るようになりました。やれゲームばかりしているとか、子供らしくないとかいろいろ言われていますけど、あまり周りがやいのやいの言うのもいけないと思いますよ。

子供たちは、自分たちで勝手に遊びますし、遊びを見つけるものです。幼稚園の子たちを見ていれば一目瞭然《いちもくりょうぜん》ですよね。それに余計な色をつけてしまっているのは、大人たちだと思うのですが、どうでしょうか。

堀田家では夏の重要なイベントになった、脇坂さんのご親戚の旅館がある葉山での海水浴ですが、詳細が決まりました。

実は、メリーちゃんが一緒に行くことになったのです。

春先のあの羊の騒ぎの後、やはりメリーちゃんのご両親は離婚してしまいました。隣町にいるおばあちゃんの家に引っ越すと、研人と会えなくなると泣いていたメリーちゃんですが、おばあちゃんがこちらの町に引っ越してくることでそれは解決しました。家は少し我が家と離れてしまいましたけど、学校では毎日会えますからね。

メリーちゃんは今も二日と空けずに我が家に顔を出しますよ。本当に本好きな子で、研人に会いに来るというより本を読みに来ると言った方がいいかもしれません。実際、研人は男友達と遊んでいることが多いですからね。

すずみさんにいろいろ質問して古い本などに興味を示すメリーちゃんを見て、勘一などはにこにこしながら、すずみちゃんの次の看板娘はメリーちゃんかなぁなどと言ってますけどそれは十年早いですよね。

そうそう、かんなちゃんと鈴花ちゃんも連れて行くのですが、やはりお母さんである亜美さんとすずみさんがついて行くことになりました。海水浴なんて何年ぶりかと言ってますからのんびりしてくるといいですよ。

そして花陽が熱望していた、藤島さんの会社の別荘での美術部合宿も、同じ日程で決まってしまったのです。藤島さんは笑って、なんでもないことと言ってましたし、そう言うからには本当になんでもないことなんでしょうが、藍子は本当に恐縮していましたよ。もちろん合宿ですから顧問の先生も同行します。

居残り組は、藍子にマードックさん、紺に青に勘一となりました。我南人は元から神出鬼没ですから放っておきます。勘一の岐阜行きは皆が帰ってからということになりました。どのみち、真夏の炎天下を老人二人の道行きは不安ですからね。紺か青か、誰かがついていくことになるのでしょう。

出発も明日になった昼下がり。

メリーちゃんが遊びに来ていたのですが、あまりの暑さに研人がかき氷を作ると言い出して、どうせなら全員分作ると二人で一生懸命氷をかいていました。できあがった端から名前を呼ばれて、皆がぞろぞろと居間に集まってきましたよ。

「おめぇ汗かいてるじゃねぇか」

ペンギンの形をしたかき氷器を抱えた研人を見て、勘一が笑いました。

「いいんだよ。その方が後で冷たくて気持ち良くていいんだ」

紺は何やら用事があると出掛けていましたし、我南人も朝から姿が見えません。

「おじいちゃん、そういえばね」

藍子です。かんなちゃんを亜美さんから受け取って抱っこしてあやしながら言いました。

「おう」

「永坂さんなんだけど」

藤島さんの秘書の永坂さんですね。

「この間、絵の展示会を見に渋谷に行ったときにばったり会ったの。ねぇ？」

マードックさんを見ました。マードックさん、メロン色のかき氷をぱくりと食べながら、そうそうと頷きました。

「それで？」

「会社を辞めるらしいのよ」

皆がちょっと驚きました。それはまたどうしてでしょう。

「ちがうかいしゃに、うつるらしいです。Headhunting されたって、いってました」

「ってことは？　藤島とは？」

いちご色のかき氷を食べながら、藍子が渋い顔で頷きます。

「駄目だったってことかい」

「わからないけど、会社を辞めるってことは、ねぇ？　心機一転頑張りますって笑っていたけど」

「そうかよ」

まぁ仕方のないことですけど、残念ですね。レモン色のかき氷を食べながら青が言いました。

「実は前も藤島さんちらっと言ってたけどさ、恋愛の対象としては見てなかったらしいよ。有能な秘書としてもちろん感謝はしていたけど、それ以上でも以下でもないって」

「あんなにきれいなのにねー」

花陽です。藤島さんのファンの花陽としてはどうなのでしょう。

「確かにお似合いだったんだがなぁ。だからってどうなるもんでもねぇか」

「あのさぁ」

研人です。この子は実は、〈すい〉のかき氷が好きなのですよ。子供のくせに渋い趣味です。

「僕、前に藤島さんデートしてるところ見たよ。女の人をポルシェの横に乗せてた。永坂さんじゃない人」

「ほう」

「どこでどこで？」

花陽です。

「こないだじいちゃんと映画観に行ったじゃない、有楽町に。そこで」

全員がへぇーと声を上げます。

「誰だった、なんてわかんないよね」

花陽に訊かれて、研人はへへーと笑いました。

「なにその笑い」

「花陽ちゃんそんなに気になるの？」

ぽかりと頭を叩かれました。

「で、誰なんだよ。研人が知ってる大人の女の人なんて、そんなに居ないだろ」

青が訊きました。

「たぶんねー、あの人。家に来てるよ」

「誰だよ」

「上本《うえもと》さん、だったっけ」

ぺちん！　と勘一がおでこを叩きます。藍子も亜美さんもすずみさんもびっくりしてます。

「希美子《きみこ》さん!?」

あらあらまぁ。これは意外な人物が出てきましたね。

一昨年でしたか。蔵書を全部我が家に売るときにちょっとだけ事情があって、そのときに藤島さんにお世話になりましたよね。今もあの蔵書は我が家にありますよ。基本的には藤島さんの持ち物なのですよね。そう言えば希美子さん、年に数回は我が家に菓子折りを持ってやってきます。義理堅い良い人柄のお嬢さんです。

「いやいやいや」

勘一が眼を丸くしました。すずみさんが鈴花ちゃんを抱えたまま身を乗り出しましたよ。

「ノーマークでしたね！　でもそう言われてみれば！」

「希美子さんにしてみれば恩人だものね、藤島さん」

「希美子さん、元々社長令嬢で育ちもいいし、永坂さんとはまた違ったタイプの美人だし」

永坂さんが切れのある美人だとすると、希美子さんは柔らかな雰囲気の美人さんですよね。

「もし、希美子さんとあのときからだとしたら、永坂さんもきっと気づいていたんじゃないですか？」

「そうよねー」

「でも、藍子さんが好きだったのに、二股《ふたまた》？」

「いや藤島さんのことだから、お母さんをすっぱりあきらめてからってことよきっと」

「辛《つら》いなぁ永坂さん。今度電話してみようかなぁ」

無言になってしまった男性陣を尻目に藍子も亜美さんもすずみさんも花陽も、もう女性陣は大盛り上がりです。いくつになっても女性はこういう話題では花が咲きますよね。男性陣は苦笑して三々五々散っていきました。研人とメリーちゃんもさっさとどこかへ行ってしまいましたが、花陽は残って興味津々で話に参加しています。もう十四歳ですからね。

*

翌日です。

研人とメリーちゃん、それに亜美さんとすずみさんとかんなちゃんと鈴花ちゃんは揃って葉山の脇坂さんのご親戚の旅館へ朝早くから出掛けていきました。

脇坂さん、実はこういうときに使うと言って、大きなワンボックスカーを用意しました。なんと新車を買ったのです。さすがの勘一も呆《あき》れていましたが何から何まで本当にねぇ。亜美さんももうどうにでもしてくれと言ってました。

でもおかげでみんな揃って車で行けるのだからいいですよ。十分安全運転で行ってくださいね。

花陽は中学の美術部の皆と電車で移動です。全部で八人しかいない部だそうで、全員女の子。だから合宿も面倒臭いことがなくていいのだそうです。ちょうど良いことに顧問の橋爪《はしづめ》先生も女性です。

そろそろ着いた頃でしょうか。藤島さんの別荘はわたしもお邪魔したことがありますから、ちょっと顔を出してみましょうか。

あぁ、居ましたね。広いお部屋に皆でわいわいやっています。三日間の合宿なんですが、料理は全員で自炊するそうです。お米も皆で持ち寄っていました。

あら、藤島さんが顔を出しましたよ。

「藤島さん！」

花陽が満面の笑みで駆け寄っていきました。抱きつかんばかりの勢いですね。勘一が見たら頭に血が上りますよ。

「どうかな？　何か不自由はない？」

「ないです！　本当にありがとうね、貸してくれて」

藤島さんもにこにこしながら言います。

「どういたしまして」

すぐに他の女の子や顧問の先生も寄ってきました。口々にお礼を言われて、藤島さんさすがに少し顔を赤らめて、汗もかいてますね。そりゃあ中学生の女の子に取り囲まれると慣れてない方はそうなるでしょう。

「藤島さん、すぐ帰るんですか？」

花陽が訊きました。

「いや、こっちに来たついでにね、いろいろと用事があって、夕方ぐらいまではいるかな」

「帰りに寄ってもらうことできますか？」

「いいよ？　何かあったかな」

花陽が頷きました。

「ちょっと、ご相談」

ご相談ですか。藤島さんが何事かと小首を傾《かし》げました。なんでしょうね花陽ったら。

脇坂さんの方はどうでしょうか。旅館に行ってみると部屋には誰もいませんでした。近くの海岸の方を見回してみましたが、さすがに人が多くて研人とメリーちゃんたちを見つけられません。このどこかにはいると思うのですが。

かんなちゃんと鈴花ちゃんには少し陽射しが強すぎますから、ほんのちょっと遊んだらすぐに旅館に帰るでしょう。また後で寄ってみましょう。

店に戻ると、びっくりしましたよ。池沢さんがいらっしゃってるじゃありませんか。いえ池沢さんどころじゃありません。もうお三方いらっしゃいます。あのサングラスの男の方は、作曲家の弾《だん》先生ですね。昭和の名曲を数多く作られた大先生ですよ。もう一人の爽《さわ》やかな笑顔の男性は俳優の荒木《あらき》さんじゃありませんか。池沢さんと同じく銀幕のスターです。そして華やかな色合いのスーツ姿の女性は有名なファッションデザイナーの三春《みはる》さんですよ。どうしたのでしょうこんな煤《すす》けた我が家にこんな豪華な方々が。

居間の座卓のところに座り、勘一と我南人が向かい合っています。池沢さん、涼しそうな淡いクリーム色のお着物がよくお似合いです。藍子が麦茶を持って台所から出てきました。

「しかしまぁ、皆さんも物好きですなぁ」

勘一が苦笑して言いました。池沢さんも頷いて微笑まれます。話を伺いますと、どうやら、今日はあの〈昭和・スーパースターの肖像〉という写真展の初日でした。どうもご近所に人がたくさん居ると思っていたのですが、それだったのですね。

池沢さんたちもそのオープニングのレセプションに顔を出されて、帰りに寄ったようです。なんでも、すぐ隣にある我南人の生家をどうしても見たいと皆さんわざわざお越しになったとか。それは本当に物好きですね。

「いや、でも本当に素敵なお宅です」

三春さんが感心したように言いました。

「お話には聞いていたんですけど、手入れも行き届いているし、このまま映画の撮影にも使えますよ」

荒木さんですね。池沢さんに同意を求めて、池沢さんも頷いています。

「ただ古いだけでねぇ。僕らにしたら、不便なことだらけだけどねぇ」

「まぁ確かにそうでしょうけどねー。あれですね、若い頃はそうでもなかったのだけど、年を取ってくるとやっぱりこういう中で暮らすのが落ち着くんだよねぇ」

弾先生がしみじみとおっしゃいました。そういうものかもしれません。もう少し新しい方がいいな、と思うことも多かったですけど。

皆さん、その後は離れに行ったり蔵を見学したり、古本屋とカフェを覗いたりして楽しそうです。こんな煤けた家でよければいくらでも眺めていってほしいですね。家にいる皆は大スターたちに会えて、本当に喜んでいましたよ。

でも、その皆さんが我南人のことを同じように大スターだというのがどうも信じられないのですが。

池沢さんと荒木さんと三春さんが、大通りに出てタクシーに乗って帰られました。弾先生はそのまま我南人と歩き出しましたね。どこかへ寄られるのか、二人でどこかへ行くのか。ついつい、ついて来てしまいましたけど。

「我南人くん」

「はい」

「こんなところでする話じゃないんだけどなぁ」

「なんですかぁ？」

弾先生は我南人より年上ですよ。もう少し口のきき方に気をつけてほしいです。

「池沢さんのところ、あるだろう。浅羽さんの事務所。君、親しいんだろう？」

「そうですねぇ、多少はぁ」

「ちょっと気をつけた方がいいなぁ。いろいろと噂《うわさ》が入ってくるんだ。特に借金なんか申し込まれたら断った方がいいぞ」

「そうですかぁ」

そんな話をして、弾先生どこかのビルへ入っていかれました。やっぱりそういう話がでているのですね。

我南人が珍しく難しい顔をしていますね。ちょっと小さく息を吐いて歩き出しましたが、その足がぴたりと止まりました。難しい顔のまま眼の前にいる方を見つめています。この方は、確か。

「ご無沙汰《ぶさた》しています」

よれよれのスーツ姿の男性がにやりと笑って、頭を下げました。確か、木島さんという記者の方ですよね。

「木島くんだったねぇ」

「そうです。今の方は、作曲家の弾先生ですね？」

我南人がうん、と頷きました。それからくいっと首を傾げましたよ。

「木島くんぅ」

「はい」

「ひょっとしてぇ、後をつけてたぁ？」

木島さん、いやいやと手を振りました。

「そんな失礼なことはしませんよ。偶然です偶然」

そう言って、失礼します、と我南人の横を通りすぎようとしましたが、足を止めて、ささやくように言いました。

「池沢さんの方なら、後をつけるかもしれないですけどね」

我南人の顔がまた難しくなりました。そのまま木島さんは歩いていってしまいましたよ。あれは、どういう意味なのでしょう。あの方は確か我南人にインタビューしていろいろ調べていましたけど、まさか、なのでしょうか。

我南人が、うーん、と唸って腕を組んで歩道で仁王立ちしました。

四

八月の声を聞いてずいぶん経ちました。

お盆の墓参りも無事済みまして、季節は少しずつ変わろうとしていますけど、まだまだ暑いです。花陽や研人もまだ続く夏休みをそれぞれに楽しく過ごしています。

我南人や池沢さんの写真も出ている〈昭和・スーパースターの肖像〉の写真展はたいそう評判だそうでして、会期を延長して九月いっぱいまで行うとか。

お蔭《かげ》でと言いましょうか、すぐ隣の我が家のカフェの方にもたくさんの人にいらしていただいて、この夏はカフェ始まって以来の売り上げではないでしょうか。古本屋の方はそれほどでもないのですが、やはり懐かしいものに興味がある方が集まってくるのですから、来店いただいたお客様は非常に多かったです。いい宣伝になったのではないでしょうか。

夏休みの始まりの頃にはいろいろとよろしくないお話も出ていたのですが、それからは特に何も起こらずに、平和な日々が続いています。忙しいせいもあって、皆も忘れているんじゃないですかね。

かんなちゃんと鈴花ちゃんは、あせもにちょっと悩まされましたけど、相変わらず元気です。日に日に行動範囲が拡《ひろ》がってくるようで、気が抜けません。勘一も二人が起き出すと店を放ったらかしで一緒に遊んでいます。

午後の二時を回った頃、バタバタと駆け込んできたのは、祐円さんです。

「勘さん！　いるかい！」

お店にはすずみさんが座っていたのですが、慌てた様子にどうしたのかと立ち上がりました。

「どうしました？」

「いや、勘さんは？」

「なんでぇ騒がしい」

居間の方から勘一が出てきました。

「俺は曾孫《ひまご》の世話に忙しいんだよ」

「いや、それどころじゃねぇんだ」

祐円さん相当慌てていますね。

「なんだってんだよ」

「いいから、いいからとにかくうちに来てくれ。すずみちゃん、我南人ちゃんはどうした？」

「お義父《とう》さんならカフェに居ますけど」

「よし！　助かった！」

祐円さん勘一の手を引っ張りながらカフェに駆け込んで、今度は我南人の手を引っ張って、二人を引きずるようにして走っていきます。

「祐円さん、元気ねぇ」

藍子がそう言って後ろ姿を見送りました。元気なのはけっこうなことですけど、なにがあったのでしょう。

祐円さんの神社です。小さいところなのですが、歴史は非常に古いのですよ。お寺が多いこの近辺ですが、その中でもいちばんです。

祐円さん、我南人と勘一をどこに引っ張っていったのかと思うと、本殿の横の社務所に入って行ったようです。冬は寒くて大変なのですが、夏は風が通り抜けていいですよね。ちょっとお邪魔しますと、女性がお二人。

あら、池沢さんと浅羽さんです。お二人連れ立ってどうしてこちらに。しかも浅羽さん、以前に一度お見かけしただけですけど、随分と様子が違います。疲れていらっしゃるようですけど。

勘一が渋い顔をしています。この顔は、実はさてどうしたもんだかと思ってる顔ですね。

「それで、神社かい」

「はい」

「確かにまぁ誰にも聞かれる心配はないわな。こんなところに忍び込んでくる罰当たりな奴はそういねぇ」

確かにそうですが、何の話でしょう。

「本当に、すいませんでした」

浅羽さんが、なんと言いましょうか、打ちひしがれています。勘一が、むぅと唸りました。

「まぁ、池沢さんと浅羽さんのよ、事務所を移籍するかしないかって話は俺らには関係ねぇから、この後でゆっくり二人で話し合ってもらうとして、問題は、その記者か」

「はい」

池沢さんが、頷きました。

「その木島ってぇ三流週刊誌の記者が、あんたと我南人と青のことを、すっぱぬくってのは、もう間違いのない事実なんだな？」

浅羽さんが頷きます。もう崩れ落ちるようですよ。

「申し訳ありませんでした。本当に、本当に、魔が差したとしか。親友を、日本の宝を、売るような真似《まね》をして、皆様にもご迷惑をお掛けすることになって」

泣いていらっしゃいます。池沢さんがそっと肩に触れました。察するところ、以前に話していた最悪の事態になってしまったようです。

「借金は、辛いからな」

勘一です。

「事務所を立て直すために、いろいろ計算して、その記者にスキャンダルを売れば、池沢さんを裏切ればなんとかなるってぇ考えが頭に浮かんじまったのは、しょうがねぇさ。経営者ってのはそういうもんだ」

我南人も頷いていますね。

「許せねぇのは、その記者だな。おめぇは会ってるのか？」

我南人に訊きました。

「会ってるねぇ。そんなに悪そうな奴には見えなかったけどねぇ」

「人は見掛けによらねぇものさ」

そう言って、溜息をつきました。眼の前に広げられたコピーの数々を勘一が手に取りました。

「まぁ、しかし、そいつも大した記者だ。こんな写真から我南人と池沢さんを結びつけて、状況証拠を集めてなぁ」

どうやら、我南人の昔のコンサートの写真らしいですね。客席に丸印がついていて、そこに客として写っているのは、若かりし頃の池沢さんです。他にもそういうような写真が数枚ありますし、あの結婚式のときの写真もありますね。もちろん複製なのでしょうけど。

「確かに、こうして見りゃあ」

その写真を勘一が見ます。

「カンのいい奴なら、この三人が親子に見えるわなぁ」

我南人と池沢さんと青。そうかもしれません。おそらくは、この結婚式に池沢さんは撮影という嘘《うそ》をついて来たのですが、それも木島という記者さんに見抜かれたのでしょう。

「百合枝ちゃん」

我南人です。

「どうするぅ？　僕はぜんぜん平気だけどぉ、旦那さんには何も話していないんでしょう？」

「はい」

池沢さん、ひとつ小さな溜息をついて、我南人の顔を見ました。

「私から動くことはありません。もし、この記事が発表されたら、事実無根だと記者会見するつもりです。訴えることも考えます」

そう言って、唇を引き締めました。

「それでも、もし夫が離婚を言い出せば、それはそれでしょうがありません。自分の蒔《ま》いた種ですから甘んじて受けます。私は」

我南人と勘一の顔を見て、少しだけ微笑みました。

「自分の人生を、他人の手で動かされることを望みません。我儘《わがまま》でご迷惑をお掛けしてしまいますが」

凛《りん》としています。それほど、その言葉が似合う方もそうはいないでしょう。その美しさに、同性のわたしでも思わず息を呑んでしまうほどです。

池沢さん、そう言った後に、でも、と付け加えました。

「もし、こんなことにならずにいたら、私は」

その瞳《ひとみ》が、少しだけ潤んでいるように見えたのは、わたしの気のせいですか。

「青に、会いに行きたいと思っていました。頭を下げに、堀田さんの家にあらためてお伺いしたいと思っていたんですよ」

その声が、ほんの少しだけ震えていたようなのは気のせいでしょうか。勘一も我南人も、ゆっくり頷きました。そうでしたか。

「とにかく」

勘一です。

「その木島って野郎を呼び出して、記事を書かないように頼む他ねぇか」

浅羽さんが顔を上げました。

「何度も何度もお願いしたんですが、会ってもらえません。会社に出向いてもみたのですが、無視されて」

また涙ぐみます。打つ手はすべて打ったというわけですか。我南人は、うーんと唸って天井を見上げました。

「呼んでも来ない、行っても会えないじゃあぁ、連れて来るしかないかなぁ」

「連れて来る？」

どうするつもりなんでしょうか。

＊

午後四時です。

まだ開店前の〈はる〉さんに、勘一と我南人、それに紺と青が来ています。コウさんと真奈美さんは仕込みの真っ最中です。

「すまんな、忙しいのに」

「いいんですよ。確かにそんなぶっそうな話、家ではできませんよね」

いくら研人と花陽はいろんなことに慣れているとはいえ、今度ばかりは大人の話ですから。

外で何か騒ぐ声が聞こえてきました。〈はる〉さんの戸がガラッと開きました。入ってきた大きな男の人は、新ちゃんです。

「がなっちゃん、連れてきたぜ。こいつでいいんだろ？」

新ちゃんに首根っこを掴まれているのは、確かにあの木島さんという記者の方です。

「なんだよこれは！　冗談じゃない訴えるぜ！」

「なんだとぉ！」

新ちゃんが一喝すると木島さんが一歩下がりました。

「すまなかったな新の字、手ぇわずらわせちまって」

「なんのこれしきですよ」

「暴力は振るってねぇんだろ？」

「もちろんっすよ親父さん。俺もそこまで馬鹿じゃねぇ。こいつにぜひとも来てほしいってお願いして来てもらったんだ」

「十人もヤバそうな男を連れてきて取り囲んでお願いも何もあるかよ！」

「お願いしたよな？　俺は頭を下げたよな！」

新ちゃんがまた木島さんにぐいっと詰め寄ります。迫力ありますよね。

「わかったわかった、わかりました」

両手を上げて、木島さんが顔を歪《ゆが》めました。

「はいはい、確かにお願いされて自分から来ました。で、ここに座ればいいんだろ座れば。板前さん頼むぜ。なんか旨いもの見繕ってくれよ。おっとぉ」

いやらしく笑ってコウさんを見ました。

「あんたも池沢百合枝がらみの人間だもんな。フグの毒なんかもられちゃ困るか」

コウさんがじろりと睨《にら》みます。真奈美さんも怒ってますね。そういうことまで調べてあるとは、本当に腕のいい記者さんなのでしょう。それにしても木島さん、この間我南人にインタビューしていたときとは大分様子が違います。これが地なのでしょうか、それとも。

「木島、っつったか」

勘一が言います。

「まぁ無理やり来てもらったのは悪かったさ。しかしおめぇさん、何度電話しても、何言っても来てくれねぇってことだからなぁ」

「あぁあぁ」

木島さんが遮りました。

「口上はいいよ堀田さん」

じろりと勘一を睨みます。

「電話で何度も言ったけどさ、いいか、もう一度言うぜじいさん。俺はよぉ確かに三流誌の記者だ。でもなぁ、この池沢百合枝と我南人の隠し子のネタはな。俺がこの足と!」

足を自分の手で叩きます。

「この眼で！」

眼を指差します。

「見て考えて歩いて、この手で摑んだものなんだ！　それをどう使おうが俺の勝手だ！　言っとくがな、俺にも記者魂ってもんがあるんだ。たとえ殴られようがタマ取られようが、このネタをお蔵入りにするつもりはない！」

ぴしゃりとカウンターを叩きます。

「それにな、もう遅い。今ごろは編集長が俺の記事にＯＫを出して、全部の原稿が印刷所に回る頃合いよ。来週にはデカデカと見出しが躍るぜ、〈あの池沢百合枝に隠し子！　相手は我南人！〉ってな。たとえロートル二人だとしてもよ。こりゃあもう日本中が大騒ぎになるぜ」

「馬鹿野郎！」

勘一が怒鳴り返しました。

「耳の穴かっぽじってよく聞きやがれこのチンピラぁ！　確かにてめぇはてめぇの仕事をしたよ。ネタを探し出して調べ上げたのはてぇしたもんだ。殺されても記事は出すってぇその覚悟も度胸も褒めてやるさ。だがなぁ！　おめぇは肝心なところで三下《さんした》根性から抜けきれてねぇ！」

「なんだとぉ！」

「てめぇがそのネタの確証を摑んだ手段はなんだ！　浅羽さんを脅したろうが！　借金抱えた浅羽さんの弱みにつけ込んで、池沢さんの優しさを利用して、人の心を踏みにじって手にしたネタだろうが！　違うか！」

木島さん、ぐっ、と咽《のど》の奥で声を出します。

「それがどうした！　きれい事でこの世界やっていけると思ってんのかじいさん。年ばっかりくってとんだ甘ちゃんかよ！　この世界勝つか負けるかどっちかなんだよ。弱みにつけ込まれる方が悪いんだよ！」

勘一の拳《こぶし》が握られました。紺が慌てて言いました。

「じいちゃん！」

勘一が、ぐっ、と堪《こら》えます。

「駄目だよ暴力は。殴ったら、こっちの負けだ」

「へっ」

木島さんが、そこらに置いてあったビールをぐっと飲みました。皆をじろりと睨みます。

「どいつもこいつも甘ちゃんばっかりだ。俺らはな、てめぇんとこみたいに人様のお古を扱ってのんびりやってるような商売じゃないんだ。生きるか死ぬかなんだよ！」

「それはぁ、違うねぇ」

我南人です。カウンターの隅っこでじっと聞いていた我南人が口を開きました。

「おや、ロックンロールの神様。こんな下賤《げせん》な者に声を掛けていただいて光栄ですね」

「木島ちゃんぅ」

「なんだよ」

「前に会ったときにぃ、君の書いたぁ、六〇年代ロックの記事を読ませてくれたよねぇ」

木島さんが、ちょっと驚いたように頷きました。

「僕のことを調べるためにぃ、インタビューって言っていろいろ訊いていたけどぉ、君、ロック好きだよねぇ。あの記事には LOVE があったよぉ、ロックンロールへの LOVE がぁ」

「へっ」

煙草に火を点けました。なんでしょう、その指が震えているようにも見えるんですが。

「そりゃどうも。お褒めにあずかり光栄です」

「でもぉ、今の君には LOVE がないねぇ」

「なんですかそりゃ」

「世の中勝つか負けるかだって言ったけどぉ、違うよぉ、LOVE があるかないかなんだねぇ」

「才能のある方はおっしゃることも素晴らしい」

木島さんの身体が揺れています。貧乏揺すりをしているんですね。

「君ぃ、無理してるよぉ。心の中ではLOVEがほしいほしいって思ってるのにぃ、それを与えてもらえなくて苦しんでそんなふうになってるねぇ。いけないねぇ、それは違うねぇ」

「やかましい！」

立ち上がって、煙草を投げ捨てました。

「あんたは占い師か超能力者かよ！ 俺の心の中が読めんのかよ！ あんたはなぁ、あんたは、ただギター持ってそれこそLOVEを歌っていりゃいいんだろ！」

「それぇえ！」

我南人が素早く動いて叫んで、右手の人差し指を木島さんの鼻先に突きつけました。まるでフェンシングの格好です。木島さんが驚いて背を反らしました。

「それだねぇ木島ちゃんぅ」

「な、なにがだよ」

「LOVEを歌うんだよぉ。求めちゃいけない。欲しがっちゃいけない。君の心の中にあるLOVEをぉ、与えるんだよ。出し惜しみしちゃいけない。全部出して出して出し切るのさぁ。そうしたらさぁ、その LOVE は、きっと君の元に返ってくるよぉ。そして、君の傍《そば》にずっといてくれるんだよぉ。LOVE っていうのはねぇ、そういうものなんだぁ」

木島さん、我南人の言葉をじっと聞いていましたが、我に返ったように身体を震わせました。

「あぁうるせぇ。もう終わりだ終わり！　こんな茶番に、クサい芝居につきあってやったんだからもういいだろ。帰るぜ。あんたらが何をしようと、何を言おうと、もう終わり。お・わ・り」

木島さんが一歩歩き出したところで、〈はる〉さんの戸が開きました。まだ店の中にかかった暖簾《のれん》をくぐって入ってきたのは。

まぁ、藤島さん。

「終わりじゃないですよ」

にこっと笑って、涼やかな声で言いました。

「藤島」

「どうも、堀田さん」

「終わりじゃないって、なんでぇ。今の話を聞いてたのか？」

「すいません、立ち聞きしながら入るタイミングを窺《うかが》っていました。狙いすぎましたか？」

にこっと微笑みます。

「狙うってどういうこった。おめぇ」

「事情はすべて知ってます」

藤島さん、立ち上がっていた木島さんに向かいました。

「木島さん、僕のことを知ってますか？」

「あ、あぁ、はい。S&Eの藤島社長でしょう」

ヒルズの若き社長で、経済界では有名ですからね。財界誌などにもよく顔は出ていますから。

「今日から、あなたは僕のところの社員です」

「はい？」

「あなたの会社を、買収しました」

全員が、後ずさりするほどびっくりしています。

「買収!?」

「買収って、おめぇ」

「あなたのところの出版社の社長は今日から僕です。なので、残念ですが、我南人さんと池沢さんのスキャンダルを書いた雑誌の出版は差し止めました」

ええええ、と真奈美さんが叫びます。気持ちはわかりますよ。わたしも思わず叫んでしまいそうです。

「おめぇ」

勘一も口をぱくぱくさせてます。木島さんは眼が飛び出しそうです。

「なんで、なんで、あんたが」

「僕が〈東京バンドワゴン〉の常連で、熱烈なファンだってことまでは調べませんでしたか？」

「ファン」

知らなかったようですね。

「それに、僕は、堀田さんに人生を救われているんですよ」

「人生を？」

藤島さんが、両手のひらを拡げて上に向けました。

「この手でね、人殺しをしようとしたのを、堀田さんに止めてもらったんですよ。それで、僕は自分の人生を拾いました。堀田さんはいわば、命の恩人です。命の恩人を助けるのに理由はいらないでしょう？」

にこりと笑って、藤島さんは木島さんの肩を叩きました。

「だからと言って、クビになんかしません。あなたはどうやら有能な記者のようです。

その力を違う方向に存分に発揮してもらいます。今後の方針は近日中に発表しますから、それまで英気を養っていてください」

「俺は、俺は、ネタを持ってるんだぜ!? いくら社長になったからって、それを外に売るのをあんたは止められないだろ!」

叫んだ木島さんに、藤島さんぐいっと顔を近づけました。こんなに真剣な顔をした藤島さんを初めて見ましたよ。

「会社を飛び出して、僕と、争いますか? あなただってマスコミの人間だ。今、僕の会社が経済界でどれだけ注目されているかわかっていますよね? そういう会社の社長である僕を敵に回して、あなたに何の利があるんですか? あなたは、その記者魂というものを、いちばん大切にしなきゃならないものを、これ以上地に落としてどうしようっていうんですか? それに」

藤島さん、一拍置きました。一度大きく息を吸い、吐きます。

「あなたも、ロックを愛した男なんでしょう?」

沈黙が流れました。じっと藤島さんの眼を見ていた木島さんの肩が落ちました。そうしてから、店をぐるりと見回しました。

「まいった」

ふぅ、と溜息をつきます。

「お手上げだ。どうあがいてもしがないサラリーマン。社長さん直々に文句言われちゃ、鞘《さや》に収めるしかねぇ」

二度三度と首を横に振りました。藤島さんもいつもの微笑みをたたえた顔に戻りましたよ。木島さんが店を出ようとしましたが、ピタッと立ち止まりました。随分長い間動かないでいるので、皆が不思議そうな顔をしたころ、振り返りました。

「藤島社長」

「なんでしょう」

「ここで、俺はネタを封印する代わりに、口止め料を請求したってそれは卑怯《ひきょう》じゃねぇよな?」

小首を傾げて、藤島さん少し考えました。

「男らしくはないかもしれませんが、まぁ社会の慣習としては妥当なラインかもしれませんね。特別賞与でも検討しましょうか?」

「いや」

木島さん、我南人に向き合いました。背筋を伸ばして、まっすぐに我南人を見つめましたよ。

「我南人さん」

「なぁにぃ」

「あんたのギターコレクションの中から、一本俺に口止め料として貰えねぇか？　いや、いただけませんか？」

「うーん？」

木島さんは、真剣な顔をしています。

「これでも俺は、あなたの大ファンだったんだ。いや、今でもそうです。ガキの頃からあなたの歌を毎日毎日聴いて、あなたみたいになりたいって青春時代を過ごしてきた。〈我南人〉のロックは、日本で最高だと今でも思ってる。これは、嘘偽りない、本心です。心の底から、思ってる」

身体を折って頭を下げました。

「だから、だからよ、この負け犬を哀れんでくれねぇか。餌《えさ》を投げてくれねぇかな。あんたの愛用したギターを貰えたんなら、俺は、俺は、今日から毎日そいつを抱いて眠って、『もう一度、心のマッチに愛の火を点ける』ぜ。今からじゃ、遅すぎるかもしれねぇけどよ」

それは、我南人の歌の文句ですね。我南人は笑って立ち上がりました。

「LOVE を感じるのに、遅すぎることなんかないねぇ」

ポンポンと木島さんの背中を我南人は叩きます。

「いいよぉ、そんなんで良ければねぇ。後で僕がぁ、自分でちゃあんと届けるよぉ。とびっきりの一本をねぇ」

顔を上げた木島さん、唇をへの字にして、涙を堪えているようでした。一礼して店を出ていきました。

後に残った皆は、あぁやれやれとそれぞれ椅子に座りましたよ。

「まぁ、あいつはあれで大丈夫か」

「そうだねぇ。ロックを愛する男に、悪い奴はいないよぉ」

そうかもしれません。木島さん、ずいぶん無理をしていたように見えましたから。

「いやしかし、藤島。おめぇいったいいつから」

「結構前ですね。我南人さんから相談されてました。それに花陽ちゃんからも」

「花陽からも？」

真奈美さんが差し出したビールを受け取って、藤島さんくいっと一口飲みました。

「花陽ちゃん、どうも小耳に挟んだらしいですね。言ってました。『マスコミと戦えるのは藤島さんしかいない』って」

「そんなことを」

藤島さんが苦笑いしましたよ。

「なんでもするからと言われました。将来結婚してあげるとも」

まぁそんなことを。

「おいおい」

勘一に藤島さんが大丈夫です、とまた笑いました。

「気持ちだけ受け取っておきますから」

紺が言います。

「でも買収だなんて、そうとうきつかったんじゃないの？」

「いいえ、どのみち我が社も出版部門を持とうとしていたんですよ。そこにそんな話があって、渡りに船ってやつです。まぁ多少強引な手は使いましたけど、別にそこの社員を首切りするわけじゃないですからね」

「しかし、おめぇへの借りはでかいだろ。とても俺の眼の黒いうちには返しきれねぇぞ」

「あ、それはぁ、大丈夫だねぇ」

我南人です。

「何が大丈夫なんでぇ」

「僕のぉ、レコードやらＣＤやら映像やらの版権をぉ、ぜーんぶ藤島くんの会社にあげたからねぇ。タダで」

「タダぁ？」

「そういう約束でぇ、いろいろとお願いしたんだぁ。だからぁ、この先僕がぁまたミリオンセラーでも出したらぁ、藤島くんぼろ儲けだねぇ。商売が上手いねぇ藤島くん」

「前にも言ったでしょう？　イヤな男だって」

藤島さんが笑って言いました。

「まいった」

紺です。

「もう一生勝てないね」

青が藤島さんの肩を叩きました。

「ぐぅの音も出ねぇな」

さすがの勘一も唸るしかありませんでしたよ。

「それでですね、堀田さん」

「おう」

「貸し借りがないというのをわかってもらったところで」

「なんだよ。まだなんかあるのかよ」

「遅くなりましたが、傘寿《さんじゅ》のお祝いをさせてもらえませんか」

「傘寿」

八十歳のお祝いですよね。勘一が面倒臭がるので、家では特にはしなかったのですが。

「紺さん、ついでだからいいですよね？　もう覆いは外したので」

「あ、そうなんだ」

「なんでぇ二人で。なんか内緒にしてたのかよ」

「ちょっとね」

とにかく家へ帰りましょうと言うので、全員で外へ出ました。夏の陽がようやく沈み出して、夕暮れの色がほんの少しだけ空に漂ってきました。蒸し暑さも少しですが和らいできたようですね。

家路を、といっても歩いて二分ですけど、辿《たど》っていくと。あら。

「なんだぁこりゃ」

我が家の隣です。さっきまで覆いに囲まれていたのですが、それが全部取られています。どうせならと紺が皆を呼んできました。藍子とマードックさん、亜美さんもすずみさんもそれぞれかんなちゃんと鈴花ちゃんを抱っこしています。花陽と研人は何事かと走って出てきましたよ。

「あれー、できたんだ」

研人が言いました。皆がお隣を見つめています。

立派な木とコンクリートでできた、これはアパートでしょうか。二階建てでまるでわたしたちが若い頃に造られた、古めかしい和洋折衷の建物のようですよ。ここら辺にできる新築の建物はほとんど最新のものばかりなんですが、これはまた随分辺りと調和しています。我が家と並んでも、きっと遠目には同じぐらい古い建物に見えますよ。

「随分とまたクラシカルな建物だな」

勘一が眺めながら言って、藤島さんが頷きました。

「これ、僕のです」

「なにぃ？」

「外はクラシックですけど、中身はもちろん新しいですよ」

「おめぇが建てたのか？　この家」

「はい」

「なんでよ」

「僕の、別荘のひとつです。二階の半分は我が家なので僕が使います。まぁもしも結婚するようなことがあれば新居にも使えますね」

勘一がへぇえと笑い、手をぱしん！　と打ちました。

「まぁおめぇがお隣さんになるってんなら、大歓迎だけどな。で、他の部屋は？　賃貸にでもするのか」

「はい」

はい、と言われて、勘一が、うん？　と唸りました。眼が細くなりましたよ。

「おめぇ、まさか」

「その、まさかです。一階のあの広い部分はマードックさんにお貸しすることが決まっています。アトリエにも使えますしもちろん作品を保管する倉庫もありますよ」

この野郎、と勘一が苦笑いして腕を組みました。

「小賢《こざか》しい余計なことをしやがって、と言いたいとこだが、まぁ賃貸ってんならな。そっちも商売だ。もちろん藍子と一緒に住めるんだろうな？」

「もちろんです」

「二階の他の部屋はぁ？　まだ余裕があるねぇ」

我南人が訊きました。どうやら全部知ってるのは紺だけですか。

「老人介護のことなんかも考えて、そういうふうに造ってある部屋です」

「老人介護？」

勘一がぎろりと睨みます。

「堀田さんのことじゃないですよ？」

「じいちゃん」

紺です。

「なんでぇ」

「淑子さんと、かずみさんにはもう話をしてあるんだ。いつでもここに入ってもらっていいって」

あらそうだったのですか。勘一が顔を顰めて、しょうがねぇなぁと呟きます。

「そんなこったろうと思ったけどよぉ。そうか、あの二人にはもう話、してんのか」

「一応ね。淑子さんは環境は向こうの方がいいから、それこそこっちでの別荘みたいなものだけど。かずみさんは喜んでいたよ。遠慮せずに入居させてもらいますって」

「藤島」

「はい」

「家賃は取れよ。二人ともばあさんとはいえ、ちゃんと生活できるばあさんなんだからよ。ロハでいいなんて言うなよ。これ以上てめぇに借りを作ると、いよいよ何冊でも本を買われちまう」

もちろんです、と藤島さん笑いました。

「藤島くんぅ、僕もそこに入ったら駄目かなぁ」

「何言ってんだおめぇ」

「ね！　僕の部屋は!?」

研人が勘一にポカリと頭を叩かれています。ご好意は素直に受け取るのがいちばんいいいとは言え、藤島さんのご好意は本当に呆れるほど大きいです。きるかどうかわかりませんが、今まで通り、きちんとお付き合いさせてもらえばそれでいいのでしょうか。

あれですね、もし藤島さんがここの二階に住むことがあるのなら、我が家でご飯でも一緒に食べてもらいましょうか。きっと喜んでくれると思います。

勘一が珍しく仏壇の前に座ったところで、紺もやってきましたよ。きっと紺はわたしと話そうと思ってきたのでしょうね。

「おお、なんだ」

「うん。ばあちゃんにさ、いろいろ報告しようと思って」

勘一がにこっと笑います。

「そうかい。俺もだ」

一杯飲むかと勘一が台所からお酒を抱えてきたところで、青もやってきましたね。三人でお猪口にお酒を注いで、仏壇に向かって上げました。

はい。お疲れさまです。

「しかし藤島さんには驚かされるね」

青です。

「まぁ自分の商売のことも考えてのことだから。ここは藤島くんの言うように貸し借りなしでさ。じいちゃん」

「おうよ。わかってるって。今度あれだ、飯食いに来いって誘ってやれよ」

「いいね。花陽も喜ぶよ」

「しかしまぁ」

くいっとお猪口を空けて、勘一は笑みを浮かべました。

「淑子のやつも、かずみのこともこれでひとまずは安心ってな。枕《まくら》を高くして寝られそうだぜ」

「そうだね。ところでさ、真奈美さんとコウさん、式を挙げるって」

あらそうですか。決まったのですね。

「おっそうか。祐円のところでだな？」

もちろん、と紺が頷きます。

「おめでたいね。なんだか毎年結婚式があるね」

「もうそろそろ打ち止めじゃねぇか？」

「わかんないよ。藤島さんのこともあるし」

「そうそう、下手《へた》したらあと二年であるよ」

「なんでぇ二年って」

「女の子は十六歳になったら結婚できるんだからね。花陽なら言い出しそうでこわい」

勘一が眼を剝《む》きましたよ。

「それはねぇだろうよ」

「案外藤島くんが隣に家を建てたのもその伏線だったりして」

「おいおいおい！」

冗談ですよね。三人で笑いながら盃《さかずき》を重ねてますけど、明日も早いですよ。

「親父と池沢さん、どうするのかね」

青が言いました。むぅ、と勘一が唸ります。

「まぁなるようになるさ。気にしたってしょうがねぇさ」

そうだねぇと紺も青も頷きます。ベンジャミンと玉三郎、ノラにポコの我が家の猫たちが、三人で楽しそうに何をしているのかとやってきました。アキとサチは、それぞれかんなちゃんと鈴花ちゃんの傍に寝ているはずですよ。

お月さまも高い空で輝いています。三人とも、そろそろ明日のために寝て、英気を養ってくださいね。

我南人も池沢さんも青も、世間様に隠さなければならないことを抱えているのは大変でしょうけど、きっと家族の皆がそれを支えてくれます。

いつかどこかで別れが来るのは間違いありませんが、それまで、そのときまで、皆で笑い合って生きていければ、それだけで幸せですよ。

わたしもいつかまた皆にさよならを言うときが来るのでしょうけど、それまではもう少し、ここに居させてもらいましょうか。

あの頃、たくさんの涙と笑いをお茶の間に届けてくれたテレビドラマへ。

解説

中川浩成

東京バンドワゴンシリーズの文庫化も早三冊目である。最初の文庫の版はと見返すと二〇〇八年だから、もう二年である。短いようだが、次はいつか次はいつかと待っているファンとしては、やはり長い。

東京バンドワゴンのシリーズは、一作目でも二作目でも三作目でもいいが、どれかひとつの作品を読めばもうそれで充分というシリーズではない。読者はその世界に入り込み、下町の住人のひとりとなって登場人物達と日常を共に過ごし、その人情にひたり続ける必要がある。なぜなら、人情にひたることによってのみ、ひとは自らの中にもそれを持つことが出来るからだ。そして、そのためには常に東京バンドワゴンの世界にひたっていなくてはならない。

そんなわけだから、ここはひとつ、某国民的アニメのように毎週やっていただけませんか？　とお願いしたくなる。まあしかし、さすがにそれは無理だろうから、僕も既刊のものを繰り返し読んでいる。

大好きな東京バンドワゴンシリーズの解説のお話をいただいたとき、ふたつどころかひとつ返事で引き受けさせていただいた。しかし、引き受けてしまってから後悔した。東京バンドワゴンのシリーズと言えば大人気のシリーズである。当然、ファンの方々も一家言持った方ばかりだろう。そんなシリーズを今更僕なんかが〝解説〟などと、おこがましいにも程がある。まさか三作目からいきなり手に取る方もあるまいに、と思い、とんだことを引き受けてしまったと思ったのだが、そこではたと気がついた。いや……もしかしたら、この『スタンド・バイ・ミー』で初めて東京バンドワゴンシリーズに触れる方もいるかもしれない。

なんとなれば、その方の脳裏にはきっとそのときアメリカの同名の小説や映画、それに映画の主題歌が想起されているだろうからである。そんな方のために、この本もとっても素敵な小説ですよ、とお薦めする文章を書けばいいわけだ。だから、これは解説などという大仰なものではなく、ハードカバーですでに読んだファンのひとりが書いた推薦文だと思っていただければ幸いである。

もし今この推薦文を読んでいるあなたが、「スタンド・バイ・ミー」というタイトルを見た瞬間に、頭の中にあの有名な歌が流れ始めて興味を引かれた方なら、きっと心温まる話がお好きな方だろうと思う。さらに言えば、安直なお涙頂戴モノではなく、世の中の酸いも甘いも嚙み分けたようなリアルな物語がお好きな方だろう。そうだとするなら、今あなたが手に持っているこの『スタンド・バイ・ミー』はまさにそんな作品である。

下町にある老舗《しにせ》古書店兼カフェ「東京バンドワゴン」。それを営むのは、ひと癖もふた癖もある人達ばかりの大家族（なんと四世代）、堀田家。その堀田家の個性的な面々が、先代が書き残した家訓のひとつ、「文化文明に関する些事《さじ》諸問題なら、如何なる事でも万事解決」に従って、転がりこんでくる事件を解決する。

シリーズ三作目となる『スタンド・バイ・ミー』の中心は伝説のロッカー我南人《がなと》。彼が大活躍（？）するそれぞれの話は……、

「秋 あなたのおなまえなんてぇの」 堀田家に恨みを持つ人間が現れる!? 堀田家は消えてしまった灯を再び灯せるのか？

「冬 冬に稲妻春遠からじ」 イブの夜、過去を背負った男は、自分に向けられた誠実な思いを受け止めることが出来るのか？

「春 研人とメリーちゃんの羊が笑う」 妖怪大戦争？ 少女につきまとう羊男の正体とは？ 堀田家は小さな心を救えるのか？

「夏 スタンド・バイ・ミー」 我南人をめぐるスキャンダル!? 負け犬と自らを嘲笑《あざわら》う男に我南人の歌は届くのか？

となっている。

東京バンドワゴンシリーズに共通していえることだが、その魅力はひと言で簡単に言い表すことが出来ない。舞台となるのは東京の下町だが、下町というと皆さんはどんなイメージをお持ちだろうか？　人情味に溢れている？　賑やかそう？　どちらももちろん正解である。といってもそれだけではない。登場人物達もまた我々と同じ人間である以上、悲しい過去を背負っている人や、切ない想いを隠している人もいるのである。我々と同じように悩んでいたり、迷っていたりするのである。そんな人達のお悩みを解決しましょうと堀田家が登場するわけだが、快刀乱麻に事件解決して、はいおしまいではない。一緒になって笑ったり、泣いたり、悩んだり、あげくのはてはちょっと冒険したりして、文字通り親身になって問題に立ち向かってくれる。そんな、みんなで一緒に鍋をかこむような展開がこのシリーズの魅力なんだと思う。鍋の肉は美味しいが、肉だけ煮たって美味しい鍋は出来ない。野菜もあり、豆腐もありと、様々な食材が渾然一体となってひとつの美味しい鍋が出来るのである。

鍋の喩えで話を続けるなら、著者の小路幸也はまさに名シェフである。……いや、鍋だから鍋奉行か。美味しい鍋を作るにはまず食材をよく吟味しなくてはならない。なんでもいいから適当に千切って突っ込んで煮ればいいよ、では美味しい鍋は出来ない。吟味された食材に適切な処理を施す過程は、小説で言うなら人物造形になるだろうか。「こういう人いるいる」といったリアルな部分と、「こんな人がいたらいいな」という憧れの部分を上手くミックスさせて練り上げられた登場人物達は、誰も彼もが驚くほど個性的で魅力的である。

そして鍋には食材を投入する順序というものがある。これも非常に重要な手順だが、小説においてもまたしかり。魅力のある人物を創造したから後は適当に動かしておけ、では面白い話にはならない。我南人がひとりで転がり続けていても面白くないだろうし、サチおばあちゃんがずーっと独白ばかりしていたって面白くないだろう。勘一が帳場でどーんと構えていると思ったら、我南人は飄々《ひょうひょう》と転がり続け、サチおばあちゃんが文字通りフワフワ自由に動き、かと思うと常連客が問題を持ち込んだり、助け舟を出してくれたり……と、こんな風にうまく食材を投入されたら、こちらはもう鍋奉行の術中にはまっている。あとはもう、鍋の前に正座して、次々と味が染み込んでいく食材に舌鼓を打ち、至福のときを満喫するだけである。東京バンドワゴンのページをめくっているとき、読者の脳内はこの〝美味しい鍋を満喫している〟のと同じ状態になっているのではないだろうか？（ぜひ、誰か脳の専門家の方、分析してください）。

そしてもちろん忘れてならないのはポン酢や薬味の存在である。これは東京バンドワゴンの世界で言うなら、僕は笑いの部分よりも、切なさの部分がそれなんじゃないかと思うのである。先にも書いたように、東京バンドワゴンの登場人物達はお気楽なだけの人達ではない。世の中の酸いも甘いも嚙み分けてきたような人が多い。そんな悲しさや切なさが薬味のようにグッと全体の味を引き締めてくれるのである。

ところで、冒頭で某国民的アニメの話をしたが、なぜ東京バンドワゴンのシリーズは映像化されないのだろう？　映画化やドラマ化、あるいは意表をついてアニメ化の話が……とずっと思っているが、今のところそんな話はまったくないようである。テレビドラマのシリーズなんか最もぴったりくる気がする。僕としては一貫して中原俊監督に撮ってもらいたいと願っているのだが、皆さんはどんな監督が撮ると面白いものになるとお考えになるだろうか？　中原俊監督の作品には名作が多いが、以前に某テレビ放送でやっていたドラマシリーズも見事な出来栄えだった。あの話はどことなく東京バンドワゴンと似ているような気もするので、東京バンドワゴンのシリーズをテレビドラマシリーズにするなら、中原俊監督はうってつけだと思う。うん、そうすると、勘一も同じく小林薫がハマリ役だと思うのだが、こちらもまた皆さんはどうお考えになるだろう？　勘一に限らず、我南人なら誰それとか、サチなら誰それがいいとか、脳内で役者を当て嵌めて読んでおられる方も多いのではないだろうか。

東京バンドワゴンのみんなが本当にいてくれたらと、よく思う。陳腐な言い回しかもしれないが、人はひとりで生きていくことは出来ない。支え合って生きていくのが人である。猪突猛進したら止めてくれて、立ち止まっていたら背中を押してくれて、そんな人の支えがあってこそ、人はゆっくりと確実に歩き続けることが出来るのではないだろうか？

世知辛い世の中を一生懸命生きていくために、ぜひ東京バンドワゴンを読んでみてください。そして、もし出来たら、自らがこの世に現出した東京バンドワゴンのメンバーのひとりになってほしいのです。僕も頑張ります。

〝人情を信じようと思ったら、自らそれを行わなければならない〟

東京バンドワゴンのシリーズを読むとき、僕は常にそう思います。

（なかがわ・ひろなり　書店員・文教堂書店三軒茶屋店勤務）

JASRAC 出1003681-204
この作品は二〇〇八年四月、集英社より刊行されました。

集英社文庫

スタンド・バイ・ミー　東京《とうきょう》バンドワゴン

2010年４月25日　第１刷
2012年３月10日　第４刷

定価はカバーに表示してあります。

著　者　小路幸也《しょうじゆきや》

発行者　加藤　潤

発行所　株式会社　集英社
東京都千代田区一ツ橋2-5-10　〒101-8050
電話　03-3230-6095（編集）
03-3230-6393（販売）
03-3230-6080（読者係）

印　刷　凸版印刷株式会社

製　本　凸版印刷株式会社

フォーマットデザイン　アリヤマデザインストア

マークデザイン　居山浩二

ISBN978-4-08-746557-0 C0193